心淋し川

うらさびしがわ

西條奈加

集英社

目次

心淋し川

心淋し川

その川は止まったまま、流れることがない。

たぶん溜め込んだ塵芥（ちりあくた）が、重過ぎるためだ。十九のちほには、そう思えた。

岸辺の杭に身を寄せる藁屑（わらくず）や落葉は、夏を迎えて腐りはじめている。梅雨には川底から呻（うめ）くような臭いが立つ。

杭の一本に、赤い布の切れ端が張りついていて、それがいまの自分の姿に重なった。

ちほはここで生まれ、ここに育った。


「やっぱり人ってのは死に際になると、生国（しょうごく）に帰りたいと願うものなのかねえ」

今年の初め、昭三（しょうぞう）じいさんの葬式から帰った母のきんが、そんなことを口にした。

風邪がもとでひと月ほど寝込み、そのまま枕が上がることなく静かに逝ったが、

「ああ、帰りてえなあ……もういっぺんだけ、霞ヶ浦が見てえなあ」

それだけは床の中で、くり返し呟（つぶや）いていたという。

「じいさんの生国は常陸（ひたち）でね、霞ヶ浦の北辺りにある村の出だそうだよ」

故郷が遠くにあれば、恋しく思うものだろうか？

いや、そんなことはない。あたしはここを出たら、二度と戻りたくなぞない。

川沿いの狭い町にも、この家にも、ちほは心底嫌気がさしていた。

父の荻蔵は、いつもどおり貧乏徳利を抱いたまま、くだを巻いていて、ちほは仕立物に気をとられているふりをする。誰も返事なぞしないのに、母のおしゃべりは絶え間なく続き、ただその日に蓄えた些細な事々を、吐き出してしまわなければ気が済まないのだ。

四年前まで、相槌を打つのは姉の役目だった。姉のていは、鮨売りをしていた男と一緒になって、浅草で所帯をもった。

「ていもとんだ貧乏くじを引いたもんさね。多少見目がいいってだけで、ころりと参っちまって。だいたい鮨売りってのは、格好がいなせなだけに粋に見えるからね。親にも内緒で子供なんぞ拵えちまうから、罰が当たったんだよ。博奕好きってのは、いちばん手に負えないからねえ。稼ぎをみいんなすっちまって、ていの針仕事だけで賄っている有様だもの。そのうち子供を抱えて、実家に戻りたいなんて泣きを入れてきたって、面倒なんて見きれやしないよ」

母の愚痴めいた悲嘆は油のごとくたらたらと留まるところを知らず、これなら別に川岸の棒杭相手でも構わないようにも思える。言ったところで何の甲斐もないことを、どうして母はこぼし続けるのか、ちほにはわからない。

吐き出す母はすっきりするのだろうが、毎日毎日きかされるこっちはたまらない。どうして耳には目蓋のように、塞ぐものがないのだろう。そんなことを考えながら、ちくちくと針だけを動かすことで紛らわせる。

「うっせえな！　いい加減、だまらねえか！　ていの話なら、こちとら百遍はきかされて飽き飽きしてんだ」

　酒に赤らんだ顔を、苛立(いらだ)ちでさらに朱に染めて、父が怒鳴りつける。これもまた、まるで芝居のひと幕のように、変わらずにくり返される。

　不機嫌そうに常に仏頂面を崩さず、呑んでいるときだけはやたらと威勢がいい。ただし酒が抜けず仕事に出られぬ日も多く、どの仕事も長続きしない。いまは根津(ねづ)門前町の風呂屋、『柿の湯』で釜焚きをしているが、いつお払い箱になってもおかしくない。

　母とちほの針仕事で家計を支えているのは、姉の家とまるで同じだった。

　そして毎日の陳腐な芝居も、判で押したように同じ顛末(てんまつ)を辿る。

「ちほが嫁に行ったら、寂しくなるねえ。頼むから、おまえは近くに嫁いでおくれよ」

　それこそご免だと、腹の中だけで言い返す。

「ていもたまには、顔を見せればいいのにねえ。清太(きよた)ももう五歳だろ、可愛い盛りじゃないか。亭主もわざわざ、根津から浅草に鞍替えすることもないのにねえ」

　鮨売りは、仕出屋から売り物を仕入れる。根津で売り歩いていたために、姉は亭主と出会ったのだが、嫁いで半年で子供が生まれ、さらに半年が過ぎると、特に理由もなく仕入れ先を浅草の仕出屋へと変えた。

　おそらく言い出したのは、姉ではないか？　この町とこの家から少しでも離れるために、姉が望んだことではなかろうか？

「ちほがいなくなったら、父ちゃんとふたりきり。寂しくなるねえ」

昨日が巻き戻ったみたいに、母は同じことをくり返す。

姉に続いて、糸車のようなこの家を出ることが、いまのちほにとっては、たったひとつのよすがだった。


「おや、ちほちゃん、届け物かい？」

翌日、長屋を出たところで、差配（さはい）の茂十（もじゅう）に行き合った。

顔はどちらかというと強面（こわもて）なのだが、穏やかで愛想がいい五十半ばの男だ。

「ええ、いつもの『志野屋（しのや）』さんまで……」

針仕事を回してくれる仕立屋の名を告げて、ふと、川面に目を向けた。溜まりと化した淀みの中で、数日前と同じに赤い布切れがひしゃげた花のように点じている。

「どうしたい？」

「おじさん、この流れは、どこから来るの？」

唐突な問いに、差配はきょとんとする。

この千駄木町（せんだぎちょう）の一角は、心町（うらまち）と呼ばれていた。

小さな川が流れていて、その両脇に立ち腐れたような長屋が四つ五つ固まっている。木戸すらないだけに住人でさえも長屋同士の境がわからず、まとめて心町と称した。

もとは裏町だったのだろうが、誰かが裏を心と洒落たのかもしれない。長屋ごとの大家もおらず、差配がひとり据えられていた。それが茂十だった。

「いちばん近い川は、曙川でしょ？　やっぱり曙川の枝になるの？」

土地の者たちが曙川と呼んでいるのは、根津権現の北を流れる細い川である。

寺社領の北縁に沿って、西から東へと流れ、やがて藍染川と合流する。藍染川は南へと進み、流れは上野の不忍池に行き着く。

心町のある千駄木町は、曙川と坂道を挟んで、根津権現の北の裏手にあたる。だからてっきり、曙川の水だとちほは捉えていた。

「まあ、そう思うのも仕方がないがね。この水の出所は崖上だよ」

「崖上ってことは……」

「ああ、お大名屋敷さね」

崖といっても、垂直に切り立っているわけではない。本郷の台地が存在を主張してでもいるように、大きな土地の段差があって、町の西側は勾配のきつい裏山に塞がれていた。ここからは見えないが、崖の上には大名の下屋敷が鎮座している。

「前の差配にきいた話だが、崖の中に樋を埋めて……まあ、木でできた水の道だね。ここまで水を落としているそうだ」

「お大名家が、洗濯や洗い物をした水ということ？　道理で汚れているはずね」

「大方は庭の池の水でね、濁っているのは単に泥が多いためだろうが……」

下水といっても、糞尿は農家が買いとって肥やしにするから、江戸の下水は案外きれいなものだと、顔をしかめたちほに差配は説いた。

「あるいは土地が低いために、流れがここだけ滞るのかもしれない。ほら、千駄木町の中で、ちょうどすり鉢のように、心町だけが窪んでいるだろう？　この形からすると、ずっと昔は――大名屋敷が建つより前の大昔だよ。ここは溜池だったのかもしれないね」

　こんな場末の土地の差配にしては、なかなかに学がある。

　心川の幅はわずか二間ほど。西の崖下だけが丸い池状になり、そこから大きく蛇行しながら、心町を横切り、窪地の東に穿たれた穴から、北東に広がる田畑へと流れていく。

だが、大人の来し方なぞ、若いちほには関心がない。ただ差配の推測だけは、妙にしっくりときた。

「溜池かあ……何だか心町にぴったりね」

　雨水とともにあらゆる塵芥を溜め込んで、まったりと淀んでいる。

　いまは初夏、一年でもっともさわやかな季節というのに、家の中は黴臭く、水辺には蚊がわきはじめている。日が差さず、風通しも悪いためだ。梅雨はひと月も先だというのに、空気はすでに湿っていた。盛夏となれば、蒸し風呂さながらだ。

　あたしは昭三じいさんとは違う。仮にここを離れたとしても、帰りたいと懐かしむことなぞあり得ない。

「今日は雨になりそうだから、早めに戻りなよ」

娘の心中なぞ知るよしもなく、差配は呑気にちほを見送った。

千駄木町は、実に複雑に坂が絡み合っている。登ったと思えばすぐ下りになり、まるで扇紙のように小刻みに山と谷をくり返す。千駄木町を抜けると、心町から解放されたような心地がして、いつもちほは、ほっと息をつく。

曙川を右手にながめながら、だらだら坂を下った。

根津権現の境内は町屋が許されていて、正式には根津社地(しゃち)門前というが、あけぼのの里という呼び名の方が通りがいい。色街としてなら門前町に大きく軍配が上がるのだが、居酒屋と料理屋の数は負けていないし、酌婦(しゃくふ)も多いときく。一晩中、大いに楽しんで朝を迎えることができるとの謂(いわ)れだろうか、川の名もそれにあやかっている。

ちほは寺社領の東の外れで橋を渡り、あけぼのの里を通って、そのまま南に伸びる根津門前町へと抜けた。

この門前町と南どなりの宮永町には岡場所がある。

吉原からすらも目の敵にされるという色街であり、遊女屋がひしめくように軒を連ねた通りは夜ともなれば淫靡(いんび)な華やぎを増す。吉原からは下品(げぼん)との烙印を押されているそうだが、遊び賃が安いだけに近在から男たちが群がる。

夜になるととても近寄れないが、昼前のいま時分は客らしき姿もなく、寝惚(ねぼ)けたような姿を晒(さら)

していた。志野屋は宮永町にあった。

この界隈の仕立物を請け負っているが、女物ではなく、岡場所の男衆の印半纏や旦那衆の羽織なぞをもっぱら仕立てている。五日に一度ほど、ここに通うのはちほの役目であったが、以前はたいそう気が重かった。

「ああ、あんたかい、ご苦労さま。ちょいと見せてくれるかい」

女の裁縫師は、町屋なら針妙、武家屋敷ならお物師、遊女屋ならお針というように、所によって呼び名が変わる。一方で、仕立屋はほとんどが男職人である。男仕立てといって、志野屋もまた、すべて男の職人で占められていた。

針目を改めるのは、いつも決まった手代であったが、その言い草が気に入らない。

「あんたも以前よりりゃ、だいぶましになったねえ。最初は縫い目がふぞろいで、そりゃあひどかった。姉さんのおていさんは、十五、六の頃から差しで縫い目を測ったがごとく出来が良かったってのに。おっかさんの器用は、みぃんな姉さんに持ってかれちまったのかねえ」

姉とあからさまにくらべては、ねちねちと嫌味をこぼす。始めて二年ほどは、持ち込むたびにやり直しを命じられた。

たしかにちほは、母の手指の才を継いでいないし、何年やっても針仕事は好きになれない。姉は嫁いでから、所帯に近い浅草の仕立屋に鞍替えし、ちほは否応なく志野屋の仕事を任された。家計を支えるために仕方なく堪えているというのに、この嫌味な手代は、ちほの堪忍袋の緒を針でつつきまわすような真似をする。

「でこぼこは、手代さんも同じじゃない」

手代の顔を盗み見て、口の中で呟く。三十路を大きく超えた手代の頬は、若い頃のあばたの痕か、それこそ不規則に波打っている。

「うん？　何か言ったかい？」

「いえ、何も」

「そうかい、じゃ、次の仕事を渡しておくよ」

「あのう、今日は……」

と、狭い店の内を素早く見渡す。客の男がひとり、別の手代が応対しているだけで、番頭は帳面に目を落としながらあくびをしている。番頭以外はすべて、日頃は作業場に詰めている。表店は狭いが、壁一枚隔てた仕立ての作業場は何倍も広いと、母からきいていた。

言い淀んだちほに、手代は、ちろ、と意味ありげな視線を向ける。

「上絵師なら、まだ来ちゃいないよ」

「そ、そうですか……それじゃ、またよろしくお願いします」

図星をさされて、たちまち頬が熱くなる。動悸を収めるように風呂敷包みを胸にきつく抱いて、踵を返した。

宮永町の大通りを西に折れ、路地を抜けると寺がある。境内の外れにある小さな堂の前で、しばし待った。

差配の茂十が言ったとおり雲は多いが、初夏の風はやわらかい。上気した頬には心地よかった。

待つことも苦にはならない。ここでこうして忍び逢う間柄になれたというだけで、満ち足りた気分になる。

あとふた月半——夏が終わればあの人が、うらぶれた町からあたしを連れ出してくれる。考えるだけで、背中に翼が生えそうな気がする。

四半時(しはんとき)ほど経って、待ち人は現れた。


「すまねえ、遅くなって。出掛けに親方に捉(つか)まっちまってな」

ちほを見つけるなり、一目散に駆けてくる。その姿すら好もしくてならない。

大事な思い人と出会ったのは、志野屋である。去年の霜月だから、ちょうど半年ほど前になるだろうか。

ちほが姉の代わりを務めるようになって四年、最近では手代の小言もだいぶ収まってきたのだが、その日の出来はたしかに悪かった。月のものが近いせいか妙に苛々(いらいら)して、仕上げがぞんざいになった。

「そりゃね、そろいの法被(はっぴ)なんぞで手が足りない分を、あんたらに回しているからね。日限(ひぎり)に無理があるのは承知しているよ。だがねえ、こんなやっつけ仕事じゃ、とても客に渡せやしない。うちの職人との差が、素人目にもわかっちまうからね」

手代の説教はことさら長く、粗相はわかっているだけに、ちほも肩をすぼめて詫びをくり返すことしかできなかった。悄然(しょうぜん)とうなだれて店を出たところで、後ろから声をかけられた。

「ずいぶんと、絞られちまったな」

ふり返ると、職人風の若い男が立っていた。

「そう、しょげることはねえやな。あの手代さんは腕はいいんだが、口がうるさいと評判だ。あんたに辛く当たるのも、それだけ見込んでいるってえ証しだろうさ」

「あのう……どちらさまで？」

「ああ、いきなり声をかけて、驚かせちまったか。おれも志野屋の内にいたんだが。娘さんと同じに、仕上げた品を届けに来た」

ずっとうなだれていただけに、自分の後に入ってきたその男にも気づかなかった。

「あなたも、仕立師？」

「いや、おれの仕事はこいつでね」

と、手にした風呂敷を解く。上物の羽織らしき絹物が畳まれていたが、背中の襟の下が白い丸形に抜かれている。

「ここに手を入れるのが、おれの仕事でね」

「ああ、着物に紋を描く、上絵師ね」

当たりだと、歯を見せる。正式には紋上絵師だが、上絵師と呼び慣(なら)わされている。上絵とは、白く染め抜いたところに描かれた、紋や模様をさす。

「おれは元吉(もときち)ってもんだ。茅町の『丸仁(まるじん)』て店にいる」

背は高い方だろう。居職らしく色が白く、敏捷そうなからだつきをしている。何より人なつこい笑顔に心安さを覚えて、ちほも名を告げていた。

「ちほちゃん、でいいかい？　前にも二、三度、志野屋で見かけたんだぜ」

「そうだったの……ちっとも気づかなかった」

「いつも品を渡すと、さっさと店を出ちまってたからな」

「あの手代さんに捉まると長いから、よけいな口をきかないようにしているの」

「たしかに、さもありなんだな」

母の癖を疎んじていただけに、愚痴のたぐいはこぼすまいと努めていた。姉がいなくなってからは、もとよりこぼす相手もいない。

なのにこの若い職人は、しごく吸い上げのいい草の根のように、ちほの小さな不満をことごとく吸いとってくれる。

「嫌いと言いながら、四年も続けてきたんだろ？　立派なもんさ。『修業に後戻りなし』ってのが、うちの親方の口癖でね。続けている限りは、腕が鈍ることもねえさ」

「たしかに、ここ一年くらいは、縫い目の顔がだいぶ穏やかになったわ」

「縫い目に、顔があるのかい？」

「ええ、縫い目って、ちょうど細い目のようでしょ。以前は不細工で、怒ったり泣いたりしていたのが、最近はちょっと笑って見えるもの」

「ああ、おれもわかるよ。仕上がりが悪いと、紋がすっかりしょげちまってな。何とかしてくれと、哀れっぽく訴えてくる」

「まあ、元吉さんの紋は、おしゃべりまでするのね」

一緒にいるだけで湿っぽさが剝がれるようで、それからは志野屋で顔を合わせるたびに、外でしばし立ち話を交わすようになり、ひと月を過ぎると待合場所は寺の堂前に代わり、次に来る日も相談するようになった。

「茅町って、どのあたり？」

「不忍池に面していてな。ほら、簞笥の角に縁金具がついてるだろ？　ちょうどあんなふうに、池の西と南の角にあたるのが茅町一丁目だ」

ちほが知っているのは、根津界隈に限られる。上野山や不忍池にも足を運んだことはあるが数えるほどだ。下谷広小路や池之端のにぎわいには、目がまわりそうになった。

遊山や買物のために、江戸中から人が詰めかける。いかにも裕福そうな旦那衆、きれいに化粧を施し着飾った女たち。誰もが浮かれていて、祭りのように華やかだった。

きっとここには、幸せが吹き寄せられて集まってくるのだと、ちほには思えた。

「茅町もやっぱり、にぎやかな町なのでしょ？」

「となりの池之端にくらべれば、だいぶ地味だけどな。それに、盛り場としちゃ根津だって負けちゃいねえだろ」

「夜に限られる上に、女には縁がないもの」

子供っぽくむくれてみせる。こんな表情も、元吉の前でしか解けてこない。

「元吉さんも、やっぱり根津にはそういうご用でよく来るの？」

「いや、なくもねえが……」

「もしかして、いい仲になった馴染みのお人なんかも……」

「いねえよ、そんな女！　たまに遊ぶくれえは大目に見るが、決して深入りするなって親方にも言われていてよ」

ちほの些細なひと言で、困ったり慌てたりと忙しい。くるくると変わるようすをながめているだけで、愉悦に近い気持ちがわいた。

「あ、でも、一軒だけ、通う店がある。といっても、十日に一度ほどだけどな」

「あら、どこの茶屋かしら？」

「そんな色っぽい店じゃねえよ。『ひさご』って居酒屋で、女も置いちゃいねえんだ。丸仁の兄弟子の実家（さと）にあたる店でな。炙（あぶ）り魚が旨くってよ、兄弟子に連れられてよく行くんだ」

場所をたずねると、父が釜焚きをする風呂屋からそう遠くない。今度たずねてみようかと、ちらとそんな考えも浮かんだ。元吉の話を疑ったわけではなく、根津の岡場所を見慣れているだけに、男とはそういうものだと冷めた達観もしている。

縁談などというかしこまった形ではないものの、二、三は嫁入り話がもち込まれたこともあった。いずれも同じ土地の振り売りや薄給の雇人ばかりで、ちほの家に釣り合うのはそれくらいがせいぜいだ。家が貧しく、特に器量が良いわけでも秀でた才があるわけでもない。ここで手を打たねば、行き遅れるだけだと頭ではわかっている。

けれど、どうにも心が動かない。

嫁いだところで、子供を抱え舅姑の面倒を見て、亭主の難癖に悩まされる。苦労が増えこそすれ、いまより減ることはなく、我が身だけがすり減っていく。母や姉と同じ先行きを辿るだけなのだ。

あの流れぬ川と同じだ。どこにも行きようがなく、芥ばかりを溜め込んで淀みを増す。

そんな溜まりに、ふいに清冽な水が注ぎ込んだ。ちほの前に、元吉が現れた。

歳は二十四、家は府中の百姓で、ささやかながらも田畑持ちで家業は長男が継いでいる。

元吉は二男で、絵が好きで細かな手仕事が得手であったことから、郷の名主の紹介で、十二で丸仁の親方のもとに預けられた。

この半年のあいだに語られた来し方に、ちほを裏切るものはひとつもなく、期待だけがふくらんだ。

「修業は終えたが、まだお礼奉公の最中だからな。いっぱしを名乗るわけにはいかねえや。でもな、今年の六月いっぱいで二年の年季が明ける。晴れて上絵師として一人立ちできるんだぜ」

楽しみでならないと、顔がほころぶ。元吉が嬉しいと、ちほも嬉しい。

堂前で会うようになってから、気づいていた。元吉といると、心が波立つ。動かないはずの溜まりが、澄んだ水を注がれてひと息に流れ出す。

この人と、ずっと一緒にいたい。この人となら、苦労すら厭わない。

そしてこの人なら、あたしをこの場所から逃し、ともに生きてくれる。

すでにちほの気持ちは、打算を越えたところにまで駆け上がっていた。

「元吉さん、お礼奉公を終えたら……どうするの？」

今日、思いきって、ちほはきいてみた。

「丸仁は出ることになるのでしょ？」

「うん、一人前になったら茅町を離れて……たぶん兄弟子たちみてえに、他所(よそ)の町で商売を始めることになるのかな」

親方の商売敵にならぬよう、上野や下谷界隈を避けて仕事を探すのは、上絵師に留まらず職人の礼儀だった。

「じゃあ、近くに長屋を借りるのね？」

「そう、なるのかな……」

「どこか良い落ち着き先は、見当がついていて？」

「いや、まだ、何も……」

すっきりとした返事が身上の元吉が、この話になると、とたんに歯切れが悪くなる。

一人立ちしたらすぐさま嫁にもらえとは、さすがに図々しくて口にできないが、何らかの約束事があっても良いのではないか。二十歳(はたち)を過ぎれば年増(としま)と呼ばれる。暮らしの目処(めど)が立つまで待てというなら、一年でも二年でも構わない。

ちほの決心はとうに固まっているのだが、こと先の話になるとはぐらかされる。

やはり本気ではないのだろうか？　この思いは、自分の一人相撲に過ぎないのか。

こうして会っていても、元吉は未だ手を握ることすらしない。いっそこちらから抱きついてしまおうかと思い詰めることもあるのだが、怖さが先に立つ。いかにも人好きのしそうな元吉にとっては、たまたま袖すり合った程度の他人と大差はないかもしれない。それとも、心町に育ったような女では、それこそ釣り合いがとれないのか。

頭の中は行きつ戻りつして、堂々巡りをくり返す。

このところわだかまっていたものが、その日とうとう弾けてしまった。

肩を落として家へ帰ると、しごくめずらしい客があった。

「お帰り、ちほ。久しぶりだね」

「姉ちゃん！　急にどうしたの？」

「ちょいとね、根津に用があって。あたしじゃなく、うちの人のね」

姉のていと、甥の清太だった。子を産んでから少々目方は増えたものの、元気そうだ。

「義兄(にい)さんも一緒なの？」

「根津で世話になっていた仕出屋のご主人が、寝込んじまってね。その見舞いに行ってるよ。ああ見えて、案外義理堅いところがあってさ」

「まったくねえ、もっとちょいちょい帰ってきてくれりゃいいものを。盆暮れにしか顔を見せないんだから」

「まあ、いいじゃねえか。ほうら、清太、じいちゃんの膝においで」

「じいじ、お酒くさいよう」

昨夜の深酒がたたって、父は今日も仕事に出ていない。昼近くまで朝寝を決め込むのが常だったが、長女と孫の来訪はやはり嬉しいのだろう。五歳の孫に顔をしかめられても、しわがすべて垂れ下がったような笑顔を向ける。

母もまた、ぼやきながらも甲斐々々しく、白湯(さゆ)だの漬物だのを姉の前に並べる。

現金なものだと呆れながらも、ちほも沈んだ気持ちが少しは晴れるようで、内心で姉の間の良さに感謝した。

「あたしのこと、どう思ってるの？」

先刻、とうとうちほは元吉にきいてしまった。

「そりゃ、もちろん好いてるよ！」

すぐさま応じてくれたときには、胸がはちきれそうになった。けれども、いっぱいにふくらんだ気持ちは、たちまち萎(しぼ)んだ。

「だったら、そのう……先のこととか……」

その問いには、こたえに窮(きゅう)したように顔をうつむける。

「すまねえ、先のことばかりは、まだ何も言えねえ……いや、決してちほちゃんのことを、ないがしろにしているわけじゃねえ。ただ、おれもまだ、てめえのことで精一杯のありさまで……」

それ以上、言い訳をされるのが耐えられず、「もういい」と捨て台詞(ぜりふ)を残して、寺の境内を後にした。元吉は追っては来ず、それがいっそう情けなかった。

初めてはっきりと口にされた、「好いてる」という言葉すら、思い返すたびに苦しくなる。

そこで留めておけば、もうしばらく幸せなままでいられたものを、事を急ぎ過ぎて、すべて壊してしまった。

次に会う約束すらしていない。もしかすると、これっきりになってしまうのだろうか？

「ちほ、どうしたの？　ぼんやりしちまって」

いつのまにか悶々と考え込んでいたが、ふと気づくと姉が怪訝な顔で覗き込んでいた。

「ああ、ごめん。なに、姉ちゃん？」

慌てて向き直ったが、訝しげな視線は張りついたままだ。

「あんた、ひょっとして……好きな男でもできたのかい？」

悩みの真ん中を射貫かれて、蛙のようにからだが跳ねそうになった。

「そうなのかい、ちほ？　相手はどこの誰なんだい？」

母の頓狂な叫びが重なって、孫を抱いた父までもがこちらを凝視する。

「いやあね、姉ちゃんたら、藪から棒に。そんな人、いるわけがないじゃないの」

「あら、そう……」

あっさりと引き下がった姉も気味が悪いが、母の詮索めいた眼差しもしつこい。それ以上に、急に不機嫌そうにむっつりとした父の顔が煩わしかった。

何とか三人の疑念を払わなければ。話を変えようと焦った挙句、ぽん、とその名がとび出していた。

「そうそう、おとっつぁん。ひさごって居酒屋を知っている？」

「ひさご、だと？　時々顔を出すが……何だっておめえが居酒屋なんぞ」

「志野屋の手代さんからきいたんだ。門前町の湯屋からも近いというから、おとっつぁんも行ったことがあるかなと……」

「あの手代は、たしか下戸じゃなかったかい？」と、母が首を捻る。

「今日はたまたま、いつもの手代さんがいなくって、別の仕立師と世間話をしてね。そのときに……」

嘘というものは、ひとつ吐くと次から次へと重ねなければ間に合わない。

「よく知りもしねえ男と、酒の話なぞするもんじゃねえ」

自分のことは棚に上げて、父が仏頂面で説教する。素直に詫びたのは、そこで話を打ち止めにするためだ。

「じいじ、お腹すいたよう」

幸いにも清太のおかげで、父の不機嫌は長く続かず、まもなく義兄が顔を見せ、長屋の内はいつになくにぎやかになった。

それでも姉だけは、ちほの隠し事を見抜いていたようだ。

「何だか上気せちまったね。ちほ、ちょいと川端で涼んでこようよ」

父と義兄が酒盛りを始め、母が清太にかまけているあいだに、妹を外に誘い出した。

差配の予言通り、昼過ぎに少し降ったが、一時ほどであがっていた。半端な雨は、かえって川を濁らせるのか、夕刻のいまは、いっそう饐(す)えた臭いが立ち込める。

こんな場所に長居はしたくないのか、姉はさっさと本題に移った。

「で、どうなんだい、相手の男とは？　話は進んでいるのかい？」

「姉ちゃんたら、まだそんなことを……」

「隠したって無駄だよ。だってあんた、正月に会ったときと、まるで人が違うもの」

あからさまに、にんまりする。

「女ってのは、男に惚れると、びっくりするほどきれいになる。内に秘めた恋心が、肌から透けちまうんだ。あんたみたいな堅物じゃ、なおさらだよ。たぶん、おとっつぁんやおっかさんも、薄々は気づいているように思うがね」

あけすけな口調で語られて、夕日なぞ出ていないのに頰が染まるようだ。相手は志野屋で会った紋上絵師だと白状させられた。

「でも、きっともう会わないよ……向こうには、あたしと所帯を持つ気なぞ、まるきりなさそうだもの」

「気がないなら、その気にさせちまえばいいじゃないか。あたしみたいにね」

「その気にって、どうやって？」

こそりと、ちほの耳元でささやく。

「嫌だ、姉ちゃんたら！　じゃあ、義兄さんと一緒になるために、清坊を身籠(みごも)ったの？」

「うちの人も所帯なぞ、たいして執心がなかったからね。ちょいと尻を押してやったのさ」

あまりに大胆な手段に、しばし二の句が継げなかった。

「もしも義兄さんが逃げを打ったら、どうするつもりだったの？」

「そのときはそのときさ。あたしらが頼りにできるものといったら、この身ひとつっきりだからね。それ以外に、賭けるものがない」

「賭けだなんて……姉ちゃんまで、義兄さんの悪い癖が移ったんじゃない？」

唇を尖らせると、声を立てて姉が笑う。

「女が本気になるのは、惚れた男のためだけさ。手に入れようと思ったら、我が身を賭けるしかないんだよ」

表情もどこか凄みを帯びていて、物言いは逞しかった。そんなことが、自分にできるだろうか？　何も考えず男の胸にとび込み、身をゆだねる――。できたとしても、その後は？　元吉はどう思うだろう？　嫌われてしまうのが怖くてならない。

「ちほは行儀がいい上に、見栄っ張りだからね。誰かが心町から連れ出してくれるだなんて、思っちゃいないかい？」

思っていた――。心の内で相槌を打っていた。

「それは甘いよ、ちほ。好いた相手には本気でぶつかって、己自身でここから這い上がるんだ。いまやらないと、きっと後の悔いになるよ」

ぱん、と勢いよく背中を叩かれて、弾みで足が前に出た。

姉と同じ真似はできなくとも、茅町を訪ねるくらいはしてみようか。このまま会えなくなるのは、あまりに寂しい。わずかながら気概がわいた。

元吉のいる丸仁を訪ねたことはないが、茅町のどの辺りにあるのか話だけはきいている。

明日、無理をしてでも、不忍池まで足を延ばしてみようと心に決めて、姉の一家を見送った。

しかしあいにくと次の日は、朝から降りが強かった。

傘をさしても、茅町に辿り着くころには、腰から下がずぶ濡れになってしまう。

そう言い訳して、一日延ばしにした。

己の意気地のなさを、ちほは後になってたいそう悔やんだ。

「おや、おまえさん、今日は仕事に行くのかい？」

気負いを削(そ)がれたちほとは逆に、めずらしく父が朝から起き出して出支度をはじめた。

「清太のおかげで、少しはやる気が出たのかねえ」

「四の五のうるせえな。行ってくらあ」

穴だらけの番傘を広げて、雨の中を出ていった。

「今日はよく降るねえ。早いとこやんでくれないと、またどぶ川があふれちまう」

西に白山(はくさん)と本郷、東に上野山。東西の台地に挟まれた谷底を、藍染川は流れている。根津も千駄木も、谷への下り道に引っかかっているに等しく、坂が多いのはそのためだ。藍染川沿いにくらべればまだましな方だが、しばしば水の害にも悩まされる。

幸い午後になると雨粒は頼りなくなり、夕方には空が晴れた。

明日は必ず茅町に、元吉のもとに行くのだと、くり返し念じながら針を動かしたが、縫い目の顔は、まだ少し怖けていた。

「おとっつぁんは、遅いねえ。たまに仕事に出掛けたかと思えば、まあたどこぞで引っ掛かっちまったかね」

母のぼやきをききながら茶漬け一杯の夕餉を済ませ、床に就いた。

しかし夜半になって、眠りは唐突に破られた。

「おきんさん、ここを開けとくれ。荻蔵さんが、大変なことに！」

戸が叩かれて、外から茂十の声がする。心張棒をかっているわけではないのだが、ちほが起き出して、内から戸を開けた。

「ああ、ちほちゃん、いま柿の湯の者が知らせてくれたんだがね」

「おとっつぁんが、何か……？」

「呑み屋で、客の男をぶん殴ったというんだ」

「うちの人が喧嘩だなんて、何かの間違いだよ……」

奥から、母が出てきた。眠気すら吹きとんだのか、目を丸くして差配を見詰める。

「たしかに酒で人が変わるけれど、喧嘩だけは二度とやらないと誓ってくれたんだ」

「二度と、とは？」と、差配が問う。

「……若い頃に人を殴って、相手に大きな傷を負わせちまった。もう少しで牢に入れられるところだったけど、先に仕掛けたのが向こうだったからお縄にならずに済んだんだ。さすがにえらく応えたみたいで……もう二度と喧嘩はしないって。いくら酒に呑まれても、その戒めだけは守ってきたってのに」

「そうだったのかい……」

「あの人が手を出したというなら、よほどのことだよ。きっと相手の男に、ひどい難癖をつけられたんだ」

　震える母の肩を、なだめるように差配がたたく。

「幸い番屋の世話にはなっていないそうだから、おれはこれから、ひさごって居酒屋に行ってくるよ」

「……ひさご？　おじさん、おとっつぁんは、ひさごにいるの？　殴った相手は、どんな人なの？」

「おれも詳しくはきいちゃいねえが……店にいた客で、若い職人としか……」

　ひさご――若い職人――。瞬時にその図が目に浮かんだ。父が殴りつけ、倒れた男の顔が元吉に重なる。

「おじさん、あたしも！　あたしも行きます」

「馬鹿を言うない。夜の岡場所に若い娘なぞ、連れていけるわけがなかろう」

「だったら、ひとりで行きます！」

　どう諭してもきかない娘に、結局は差配が折れた。

　暗い道に、茂十の手にする提灯だけが頼りなげに揺れていた。

夜のこの街には、ちほですらほとんど足を踏み入れたことがない。

間延びしたような昼間の風情は仮の姿で、いまは存分に色と欲を剝き出しにしていた。

鬼灯(ほおずき)のように灯る赤い提灯。男の喚(わめ)き声、女の嬌声。白粉(おしろい)や醤油に交じって、濃いにおいが立ち込めている。これはたぶん、人の息だ。ふだんは行儀よく腹に収めている一切を、この場所ではぶちまける。それが獣じみた息となって、通りに満ちている。

「ちほちゃん、決しておれから離れるんじゃないぞ。女と見れば見境なくちょっかいをかけてくる輩もいるからな。ここはそういう街だ」

茂十が差配として心町に来たのは、ちほが子供の頃だ。いわばこの土地では、ちほの方が先輩にあたる。釈迦(しゃか)に説法とも言えるのだが、ふり向いた茂十に、ちほは素直にうなずいた。

背は並といったところだが、こうして背中をながめると、肩のあたりは存外厚みがある。いつもは丸まっている背筋が、しゃんと伸びているためだろうか。まるでお武家のようだと、ちほには思えた。

根津門前町には、横町が五つある。差配は道を右に折れ、西にある清水横町に入った。柿の湯はこの辺りだと、ちほも知っている。湯屋から数えて五軒目、細い路地の向かいにあるはずだと差配が告げる。店先に、瓢箪形(ひょうたんがた)の小さな看板がぶら下がっていた。

狭い店内には長い床几(しょうぎ)が二台、鉤形(かぎがた)に据えてあり、あいた場所に酒樽が詰まれ脇に燗場(かんば)があった。手前の床几では、客らしき男が三人にぎやかに呑んでいたが、奥の腰掛の端に父の荻蔵の姿があった。

　父の背後には、張り番のように男がふたり立っていて、茂十が名乗ると、年嵩の方が店の主人だと告げる。

「参ったよ。おれも見ていたが、揉めていたわけでも何でもねえ。この男が、いきなり若いのを殴りつけた……まあ、大方の事情は、うちの倅からきいて呑み込めたし、何より殴られた若いのに、番屋には届けねえでくれと乞われたからな」

「あの……殴られた若い職人というのは……」

　差配の陰から現れた娘の姿に、荻蔵がぎょっとする。しかしすぐに目を逸らし、舌打ちした。ちほの問いには、主人のとなりにいた息子が応えた。

「あんたが、ちほちゃんかい？　親父さんに殴られたのは、元吉だ。おれはあいつの兄弟子でな」

　かっと頭に血が上った。自分でも思いがけないほど唐突に熱がこみ上げて、ちほの中の理性を焼き切った。

「おとっつぁん、何てことを！　元吉さんは上絵師だよ！　うんと細かな紋を、息を詰めるようにして筆で描く仕事なんだ。万一、手指や目に傷でもつけたら、詫びようもないじゃないか！」

「うるせえ！　あんな男がどうなろうと、おれの知ったことか！」

「だいたい、何だっておとっつぁんがこの店に？　そうやって、あたしの邪魔をする了見なの？

あたしを一生、心町に縛りつけておくために、こんなことを……？」

「てやんでえ！　そんなに親が疎ましいなら、とっとと出ていきやがれ！」

「まあまあ、ふたりともその辺にして」

いきなり始まった親子喧嘩を、差配がなだめにかかる。

「出ていくのは勝手だが……あの男はやめておけ」

「おとっつぁん、元吉さんに何か言ったの？　何の話をしたの？」

「あいつには実がねえ。おめえのことも、遊び半分にしか思っちゃいねえ」

ちほを見ずに、呟いた。父の口からきかされると、妙に真実味を帯びてくる。

くじけそうになった気持ちを、横合いから入った声が辛うじて支えた。

「いや、決してそうじゃねえんだ。あんたのことを本気で好いていたからこそ、元吉も散々悩んで、おれに相談をもちかけた。そいつを親父さんにきかれちまってな」

たぶん、ちほの名を出したから気づいたのだろう。言い訳気味に兄弟子が語る。

けれどもいまは、事の成り行きなぞどうでもよかった。

「元吉さんは……元吉さんは大丈夫なの？　どこに傷を拵えたの？　万一、手に障りでも出たら……」

「心配はいらねえよ。二、三発かまされたが、背丈の差が幸いして、やられたのは顔の下半分だ。まあ、鼻血が出て、歯の一本くれえは折れたかもしれねえが……」

さっきの怒りがみるみる萎み、違う痛みに形を変えて両の目から吹き出した。

泣き出したちほに、慌て気味に言葉を継ぐ。

「だから、大丈夫だって。いま、うちのおふくろが手当てをしていてな。奥にいるから、何なら確かめてきな」

「そうだな、ちほちゃん、上がらせてもらいな」

差配にも促され、店の奥にある暖簾(のれん)を潜(くぐ)った。

土間の片側に座敷がいくつか並んでいて、そのとっつきに元吉の姿があった。

「ちほちゃん……」

口許に近い左頰に、大きな痣(あざ)がついている。痛々しくて、また涙がこぼれた。

手当ては済んだからと、おかみは気を利かせて座敷を出ていった。


「もう泣くなって。そんなたいそうな傷じゃねえし、仕事にも障りはねえ。ついでに言うと、歯も折れてねえしな」

元吉は懸命になだめるが、申し訳なさが募り、涙が止まるまでにはしばしかかった。

「ごめんなさい……まさかおとっつぁんが、こんなことをしでかすなんて夢にも……」

「親父さんは、ちほちゃんの代わりに、おれを殴ったんだ」

「……え？」

「親父さんに言われたよ。『大事な娘を、てめえなんぞにくれてやるものか』って。ちほちゃんのことを、本当に大事に思っているんだろうな……いいおとっつぁんじゃねえか」

洟をすすりながら、袂で涙を拭き、改めてたずねた。

「教えて、元吉さん。兄弟子さんに、何を相談していたの？」

うん、とうなずいて、畳に目を落とす。

「おれ、京に行くことにしたんだ」

「京……？」

思いがけない土地の名をふいに出されて、呑み込むまでに暇がかかった。そのあいだに、元吉が経緯を語る。

「若い頃、丸仁の親方が世話になった上絵師が京にいてな。御所の御紋を任されるほどの腕前で、そこで腕を磨いてこないかって親方が言ってくれたんだ」

誰にでも世話をするわけではない。親方は、元吉の手際や性根を見込んで、京での修業を勧めたのだろう。技の上達には何よりで、職人にしてみれば、この上なく有難い話だ。一も二もなく承知を告げてもおかしくない。

ただ元吉には、手放しで喜べない引っかかりがあった。言うまでもなく、ちほのことだ。

「修業って、どのくらい？」

「ひとまずの年季は三年だが、その親方はとかく厳しいお人だそうでな、人によっては倍にも延びるし、逆に三月で叩き出されることもあるって話だ」

「あたしも、一緒についていっちゃいけない？」

「弟子は住み込みしか認めてねえから、来てもらっても所帯はもてねえんだ」

元吉がちほとの約束を避けていた理由が、ようやく理解できた。

つまりは、ちほか修業か、どちらかひとつしか選べないということだ。

そして、すでに元吉の中では片がついている。

京に行くことにしたと、元吉はちほに告げたからだ。

「はっきりさせることが、今日までできなかった。お礼奉公が終わるまではと延ばし延ばしにして、ちほちゃんを怒らせて、もうこれ以上うやむやにはできねえと、ふんぎりをつけたんだ」

ひと晩考えて、今日、仕事を終えてから兄弟子のもとに相談に来た。

「兄さんに言われたよ。おれの悩みは、京での修業をどうするかって話じゃなく、ただ、ちほちゃんと別れ難くて切り出せねえだけだろうって」

どうしてだろう。落胆はあるものの、気持ちの奥底は妙に凪いでいた。

初めて男の気持ちが見えたためだろうか。少なくとも、元吉は本気でちほを好いていた。この幾月かは、ちほのことばかり考えていた。男をこれほど悩ませ迷わせたのなら、女として冥利に尽きる。そんな他愛ない満足が、いまのちほを支えていた。

それでも駄目を押すように、ちほは訊いた。

「待っていちゃ、いけない？」

「正直、それも考えた……でも、そんな酷いことはさせちゃいけねえって、ちほちゃんの親父さちほは、すっかりわかったのです。


「ちほちゃんに会って、よくわかった」

　はからずも、元吉に引導を渡したのは父だった。皮肉ともとれるし、あたりまえにも思えてくる。親というものは、実に厄介なものだ。子を縛りつけ枷となり、心配の種ばかり増やし、守ろうと躍起になる。

「ちほちゃんを、大切にしていることがわかって、それが嬉しかった。だから、おれは行くよ」

　ふられたのはちほなのに、父親に負けたとでも思えたのか、元吉の方が悔しそうだ。

　姉ならここで、泣いてすがりつくのだろうか。未練たらたらに、何年でも待つと言い張るのか。

　なのにちほの胸の中は、嵐が去った海のように穏やかだ。焦れたり浮ついたりと忙しかったものに、すとんと収まりがついて、大人しくなった。収まったのは、恋心か――。

「からだに、気をつけて。立派な上絵師になってね」

「うん……約束する」

　手を伸ばし、膝にあった大きな手をきつく握った。

　それがいまのちほにできる、精一杯だった。

　元吉がもう片方の手を、上に重ねる。抱き寄せるでもなく、しがみつくこともできず、互いの手の温もりだけを、不器用に確かめ合う。

　離れ難い――その思いだけが、熱い掌から伝わってきた。

「帰るぞ、ちほ！」

　どのくらいそうしていただろうか。父の不機嫌な声が、店から響いた。

「ちほちゃん、この川の名を知っているかい？」

それまでほとんど口を利かなかった茂十が、ちほをふり返った。

三人で心町への道を辿るあいだ、親子は黙り込んだままだったから、差配もよけいな口は慎んでいたのだろう。荻蔵は差配に礼を述べると、さっさと家に入ってしまった。

「心川でしょ？　心町の川だから心川。わざわざそう呼ぶ人は、滅多にいないけど」

「本当の名は違うんだ。心川はそれを縮めているだけでね、町の名もそこからついた。つまりは川の名が先で、町の方が後というわけだ」

「何というの？」

「心淋し川というそうだ」

誰かが戯れにつけたのか、何か由来があるのか、そのあたりは差配にもわからないという。

「ただ、その名をきいたとき、どうにも惹かれてね。差配の話を引き受けることにした」

「趣があるのは名ばかりで、汚い溜まりだと知ってがっかりしたでしょ？」

「いや、そんなことはないよ。誰の心にも淀みはある。事々を流しちまった方がよほど楽なのに、こんなふうに物寂しく溜め込んじまう。でも、それが、人ってもんでね」

あまり説教めいたことを言わない男だ。己でも気づいたのか調子を変える。

「ちほちゃんくらいの娘には、よくわからないか。引き止めて悪かったね。おっかさんも案じているだろうし、早くお入り」

おやすみ、と告げて、茂十は自分の塒に帰っていった。

暗い水面は、空の闇色に溶けていて目には映らない。饐えた臭いだけが、ちほの鼻を突いた。


暦の上で、夏が終わった。

元吉はもう、京に旅立っただろうか──。

七月に入って数日が経ったその日、そんなことを考えながら、志野屋への道を辿った。

いつもの手代に縫い上げた分を渡し、次の仕事を受けとって店を出た。このところ手代の小言は目に見えて減っていて、そればかりは有難い。

来た道を戻り、門前町の総門を過ぎたときだった。後ろから声がかかった。

「おちほさん！」

ふり返ると、さっきの手代が立っていた。柄にもなく走って追いかけてきたのか、肩が上下している。

「手代さん、どうしました？　縫物に何か間違いでも？」

そうではないと短く告げて、門脇にちほを連れていく。

「ちょっとおちほさんに、話があって……」

この手代から、そんなふうに仰々しく呼ばれたことすら初めてだ。話があると言いながら、落ち着きなく尻をもじもじさせるばかりで、長いこと待たされた。

「あのう、あたしに何か？」

「いや、そのう……うちに通っていた丸仁の職人が京へ行ったときいて……てっきりあんたと恋仲だと思い込んでいたものだから、驚いて……」

やはりこの手代には、見抜かれていたようだ。思えば志野屋への品納めの日を合わせて元吉と逢っていただけに、同じ日に前後して店の暖簾を潜ることになる。

「要らぬ気を遣わせて、すみません。もう、縁が切れちまいましたから」

「そうなのかい……」

何故だか嬉しそうに、へらりと笑う。手代には関わりなかろうと、ちょっとむっとした。

そういえば、この手代の名を知らないことに、いまさらながらちほは気づいた。きいたはずなのだが、頭から抜けていた。

「だったら、そのう……考えてみちゃくれないか？」

「何をです？」

「おちほさんさえよければ、あたしと一緒にならないか！」

いま、何を言われたのか、うまく呑み込めない。

きょとんとするちほに、手代はしどろもどろに言い訳する。

だいぶ前から、ちほのことを憎からず思っていたが、自分はこのとおり見目も悪く、歳も離れているだけに言い出せなかった。まごまごしているうちに粋な職人が現れて、横合いからさらわれたように思えて、ずいぶんと不甲斐ない心持ちを味わった。己の出る幕はないと諦めていたが、当の職人が江戸を離れたと知らされて、打ち明ける気持ちになった。

あちこち行きつ戻りつしながら、そのようなことを並べ立てる。

なにせ名も留めず、いつも叱られてばかりで敵に近い相手だ。

手代の長い申しようには少しも心が動かなかったが、ひとつだけ気持ちが波立った。

「最初は本当に下手くそで、針妙としては使えないと侮っていた。でも、少うしずつ針運びが上達するのが、柄にもなく嬉しくなってね。進みの遅い弟子を見守るような気持ちでいた。あれこれうるさく難癖をつけたのも、いわばその裏返しでね」

はっきり言って、この手代に恋心など、とうてい抱けそうにない。

それでも、もう何年も、ちほの知らないところで目をかけてくれていたのかと、意外であっただけに妙にしみた。

決して好きで始めたことではないが、ちほも四年のあいだ、縫い目の顔を窺いながらそれなりに努めてきた。わかってくれた人がいたのだと、温かいものが胸に落ちた。

「もちろん、急ぐつもりはない。両親にも相談しなけりゃならないだろうし……何より、あの職人のことだって心にかかっているだろうし……。いつまでだって待つつもりでいるから、考えてみてほしいんだ」

「はあ……」

間抜けな返事ながら、ひとまずうなずくと、ほっとしたようにでこぼこ顔がゆるんだ。

家路につきながら思い返したが、やはりぴんとこない。

長屋に着いても家には戻らず、しばし川岸でつくねんとした。

「心淋し川、か……」

風にとばされたのか底に沈んだのか、いつか見た赤い布切れは、どこにもなかった。

闔仏

中秋を過ぎて、ようやくどぶ川のにおいがしなくなった。

ふと気がついて、物寂しい思いに襲われた。おかしなものだと、独り笑いがこぼれる。

以前は夏が来るたびに、ただ過ぎることだけを願っていた。

川そのものが醸されているような、そのにおいが鼻に届かぬよう、金魚みたいに一日中口を開けていたことすらある。りきが厭(いと)うていたのは、誰もが眉をひそめる川の臭気ではなく、その中に時折混じる甘酸っぱいにおいだ。

ここでじっと、腐っていくしかないというのに、無駄な足掻(あが)きのように女が顔を出す。

自分そのものに思えて、情けなさに身が震えた。

けれどそれも、過去のことだ。いまのりきには、これがある。

これ——を他人が見たら、どう思うだろうか？　笑われるか、はたまた哀れむのか、頭がおかしいと蔑(さげす)みの目を向けられるか——。その想像すら、いまのりきには滑稽でならない。

ふっと微笑んで、小刀を握る手に力をこめた。

りきの思い通りに刃先はなめらかに動き、素直な木屑(きくず)が膝の上にこぼれ落ちた。

りきが六兵衛長屋に住むようになって、かれこれ十四年が経つ。

二十歳のときに六兵衛に連れてこられ、以来この家で暮らしてきた。

長屋とは、揶揄をこめた呼び名であって、長屋でも何でもない古びた一軒家である。

『六兵衛旦那の、ろくでなし長屋』

心町の住人が、そんな陰口をたたいていることも、あたりまえのように耳に入ってくる。

千駄木町の外れに、申し訳なげに軒を借りている。心町はそんな町だ。心川と名だけは洒落たどぶ川の両岸に、貧乏長屋ばかりがひしゃげたようにうずくまっている。

そんな心町でも、六兵衛長屋は奇異な場所として映るようだ。長屋の名を出すたびに、男はにんまりと薄笑いを浮かべ、女は眉間をきゅっとすぼめる。

この家には、身持ちの悪い女ばかりが暮らしているからだ。

上は三十過ぎから、下は二十二まで。四人の女が同居して、もっとも年嵩にあたるのが、りきだった。この家には、もうひとつ別の呼び名もある。

『それにしても、よくもまあ、おかめばかりを集めたものだ』

四人の女は、いずれも見目が良くなかった。歳も故郷も、背丈もからだつきもさまざまなのに、醜女の部類に入るという一点だけは同じなのである。

『おかめ長屋とは、よく言ったもんだ。六兵衛旦那の、気がしれねえや』

噂とは、言った相手からは直にきかずとも、どういうわけか巡り巡って必ず言われた当人にまで届くものだ。若い頃にはいちいち傷ついてもいたが、いまは馬の耳が受ける風よりも他愛ない。

不美人をよしとするのは、単に六兵衛の好みであり、親にもらった顔をいまさら嘆いたところではじまらない。

何よりも、この顔のおかげで六兵衛の目に留まり、安楽な暮らしを手に入れたのだ。嘆く謂れなぞ、どこにもない。

「おりき姉さん、次に旦那さんが来るのは、いつになるんだい？」

「旦那しだいだからね。あたしにきいたって、わからないよ」

「この前はおぶんで、その前はおこよ、その前だって、おこよだったんだよ。あたしの閨には、ちっとも寄り付いてくれやしない」

「まあ、そうカリカリしなさんな。そのうち、あんたにも番が回ってくるさね」

つやは二十九。そろそろ見限られる歳だとわかっているからこそ、りきはそんな気休めしか口にできない。このところ二日に一度は、つやはこうして、りきのもとに訴えに来る。

「おりき姉さんから、口添えしてちょうだいな。たまには、つやも可愛がってやれって。ね、後生だから、お願いします」

よくよく考えれば、厚かましいことこの上ない。それでもいまのりきは、他の女と寵を争うつもりもない。頼んでみるよ、と請け合った。

この六兵衛長屋は、大隅屋六兵衛が、四人の妾を囲う家だった。

『大隅屋』の看板は青物卸だが、いわゆる八百屋とは少し違う。
店は駒込浅嘉町にあり、この辺りは昔は百姓地で、当時からヤッチャ場と称される青物の市が立った。町屋となったいまでもヤッチャ場は健在で、近在から多くの百姓が青物やら大根やゴボウといった土物やらを持ちよって、毎朝、市が立つ。これをとりまとめているのが、かつて浅嘉村で本百姓をしていて、やがて浅嘉町の名主となった数軒の家である。大隅屋もそのひとつで、代々、場所を貸しながら、この市の世話役を務めてきた。

時折、耳に入る話では、六兵衛は世話役としては悪くない。人当たりが良く、悶着を収める腕もある。売り手と買い手の諍いや百姓同士の喧嘩沙汰が起きると、双方の言い分をほどほどにきいてやり、ここぞというときに口八丁を発揮して相手を丸め込む。

手際と調子が良過ぎる故に、いまひとつ信用には欠けるものの、恨みを買うまでに至らぬのは、持ち前の愛嬌があるためだ。

調子者ぶりは、この家でも遺憾なく発揮される。

「はい、ごめんなさいよ。いやあ、夜になると、少し冷えるようになったね。そろそろ袷が懐かしいよ。おりき、一本つけてくれないかい。熱すぎずぬるすぎず、おまえの燗がいちばん具合が良いからね。おつやはなんだい、ご機嫌ななめじゃないか。ああ、わかったわかった、ちゃんとおまえの言い分もきいてやるからさ、そんなにむくれるものじゃないよ。おぶんは少し、痩せたんじゃないかい？　ちゃんとご飯は食べているかい？　これこれ、おこよ、そうまとわりつかれちゃ羽織も脱げないじゃないか」

六兵衛は五日に一度ほど、日が落ちてから妾宅を訪ねてくると、まず満遍なく女たちに声をかける。そして半時ほどは、ちびちびと盃を傾けながら、女四人と談笑する。というよりも、適当に相槌を打ちながら、女たちの愚痴につき合ってやる。

そして頃合を見計らって、お開きを告げる。

「さて、そろそろ下がらせてもらおうかね」

そのときだけは、和やかな座が、ぴりりと張り詰める。腰を上げながら、六兵衛はちらと、ひとりの女に目を当てた。嬉しそうに、こよが立ち上がる。

たちまちつやの目が、三角に吊り上がった。

「旦那さん、ひどい！　おこよばかりを贔屓して、あたしをちっとも構ってくれない」

「そう、拗ねるもんじゃないよ、おつや。おまえはおこよと違って大人なんだから。そんなふくれっ面は似合わないよ」

慰めたつもりなのだろうが、大人との言われようは、年増と侮られたと同じことだ。つやの尖った顔がみるみる歪み、わっと泣き崩れた。六兵衛が、困り顔をりきに向ける。これもまた、いつものことだ。六兵衛に限らず世の男たちは、女の悋気は手に余るとばかりに面倒がって放り投げる。

「ほらほら、おつや、そんなに泣いちゃ、この前みたいに喉が嗄れちまうよ。さ、こっちで一杯やろうじゃないか。女同士も、悪くないよ」

りきが懸命になだめている間に、六兵衛は若いこよを連れて、さっさと寝間に引き上げる。

「悔しい悔しい、悔しいよう！　どうしてあたしがこんな日に！」

きいきい声を張り上げて、存分に気持ちを吐露するつやが、少しうらやましくもある。かつて同じ立場に立ったとき、りきは何も言えなかった。


生まれは日野。甲州街道の日野宿に近いあたりで、家は貧しい百姓だった。

りきが十を過ぎてから、不作の年が何年も続いたことがある。近所の娘は次々と身売りされ、本当ならりきも続くはずだったが、女衒(ぜげん)は渋い顔をした。

「こいつは駄目だ、面(つら)が不味(まず)過ぎる。せめて愛嬌でもあれば少しは補えようが、こんなもっさりした娘じゃ、それも望み薄だ。買い手なぞ、とてもつかねえよ」

ばっさりと切り捨てられたが、女衒以上に応えたのは、実の父のあつかいだった。

「そのおたふく顔を、いつまでも向けんじゃねえよ。苛々(いらいら)するだろうが」

役立たずの無駄飯食いと、父には散々に罵倒(ばとう)され、母もまた、父の機嫌を損ねるのが怖かったのだろう。やはりりきを構おうとしなかった。りきを支えてくれたのは、前の年に亡くなった祖母の言葉だった。

「いいかい、りき。おたふくってのはね、福が多いと書くんだよ。おまえのこの顔は、神さまからの賜(たまわ)りものだ。きっとおまえに、福をもたらしてくれる。大事にするんだよ」

ばあちゃんの言ったとおりだった。この面相のおかげで、色街に売られなかった。他の娘たちみたいに、苦界（くがい）に身を落とさずに済んだんだ。父に八つ当たりされながら、胸の中で手を合わせた。

まもなくりきは江戸に奉公に出された。白山権現（ごんげん）の門前町にある煙管屋（キセルや）、『茗荷堂（みょうがどう）』で女中として雇われたのは、十四のときだ。茗荷堂は亭主が煙管師で、店は内儀が仕切っていた。

大隅屋六兵衛と会ったのも、茗荷堂である。六兵衛は、煙管を見繕いにきた客であった。大隅屋とヤッチャ場のある浅嘉町は、白山権現からもほど近い。

内儀に命じられ茶を運ぶと、客はりきを見るなり不躾（ぶしつけ）に声をあげた。

「やあ、これは、いまどきめずらしいおたふくじゃあないか」

いくら客とはいえ、失礼極まりない。六兵衛の相手をしていた内儀は、呆れた顔をした。りきの心中を慮（おもんぱか）ってくれたのか、愛想笑いを浮かべながらも、さりげなく口を添える。

「この子はおりきと申しますが、いまどきめずらしく曲がりのない気性でしてね。よく働いてくれるんですよ」

「そうかそうか、それは何より」

りきをながめて、目を細める。不思議と、怒る気にはなれなかった。開けっ広げな言いようは嫌味がなく、相手は四十半ばのおじさんでもある。当のりきは傷つきもしなかったが、あれこれとたずねられるのには閉口した。歳はいくつかとか在所はどこかとか、果ては嫁入り先は決まったのかときいてくる。幸い、問いにはすべて内儀がこたえてくれた。

「年が明ければ二十歳になります。年頃ですから、どこかに良い嫁ぎ先でもあればいいんですがねえ。大隅屋の旦那さんなら顔も広うございますし、お世話してくださいましな」

内儀はあくまで世間話のつもりであったろうが、意外にも六兵衛は、真面目な顔つきで請け合った。

「そうだね、あたしも心に留めておくよ」

店にある、いちばん安い煙管を手に、機嫌よく帰っていった。

「あの旦那は、人当たりは良いんだが、身代（しんだい）の割にしわいのが玉にきずでね。あまり当てにはならないだろうね」

内儀に言われるまでもなく、期待はしていなかった。一生、独り身を通すつもりもなかったが、容姿の引け目もある。江戸は男余りだというから、そのうちもらってくれる奇特な男が現れるだろう。そのくらいに思っていた。だからわずか三日後、六兵衛がふたたび現れたときには、大いに戸惑った。

「この前の話だがね、もらい先は、あたしではどうだい？」

「もらい先、といいますと？」

「ほら、ここにいる、おたふくさんだよ。他ならぬ、あたしが気に入っちまってね。ぜひともこの娘を迎えたいんだ」

六兵衛に妻がいることは、内儀は先刻承知している。六兵衛の存念を呑み込むと、内儀はりきのために、大いに憤慨してくれた。

「妾だなんて、とんでもない！　おりきはね、そういう女じゃないんです。いくら面がまずかろうと、そこまで侮られるなんてあんまりですよ」

怒りのあまり、内儀は目に涙まで浮かべている。それでも六兵衛は引かなかった。

「実は、女房の許しももらいましてね。うちのは姉さん女房なだけに、あっちの方はもう何年もご無沙汰でねえ。けれど、子が授からなかったことだけは、心苦しく思っているようだ。後継ぎには、すでに養子を迎えているし、妾のひとりくらいは別に構わないとの太っ腹で」

あけすけに語る六兵衛を前に、内儀の表情は険しさを増す。女の常で、妾という言葉をきくだけでもおぞましくてならないのだろう。けれどりきは、六兵衛の熱心が、ただ不思議でならなかった。

「旦那さん、ひとつ、よろしいですか？　あたしの、いったいどこを？」

我慢しきれずに、どこを気に入ったのかと、りきはたずねていた。

「そりゃあ、あんたの顔だよ。そのおたふく顔をながめていると、心底、和む心地がする」

嫌味でも皮肉でもない。心から幸せそうに、六兵衛は告げた。

「おたふくは、福が多い。あんたの器量は、授かり物だよ」

祖母と同じその言葉で、りきの気持ちは固まった。

妾に所望されたことも、初めて女として扱われたようで、密かに嬉しかった。

その日は茗荷堂の内儀に、けんもほろろに追い返されたものの、六兵衛は諦めずに何度も通ってきた。

「おりきさん、どうか真面目に考えておくれ。あんたを大事にするし、精一杯のことはするつもりだ」

何度目かは忘れたが、肩を落として帰ってゆく背中を見送りながら、りきは告げた。

「おかみさん、あたし、あの旦那さんに貰っていただきます」

それが、十四年前のことだ。内儀の説得にも応じず、半ばとび出すようにして、六兵衛に連れられて、この家に移り住んだ。

「いったん日陰者に落ちれば、日向(ひなた)になんぞ出てこられない。幸せには、なれないんだよ！」

茗荷堂を出るときに、内儀に投げつけられた。

まったくその通りだと、いまのりきにはわかる。

ふつうの妾であれば、こんな物思いとは無縁だったのだろうかと、詮ないため息がもれた。


歳は離れていても、六兵衛は朗らかで話上手。あつかいもやさしい。

その頃は下働きの婆やがひとりいて、当初はおそらくお目付役も兼ねていたのだろうが、どちらかといえば無精な人で、そのぶん口うるさいことも言わなかった。女ふたりののんびりとした暮らしようで、旦那の訪れは五日に一度。若い娘には退屈でもあったが、波風の立たない日々が、りきにはただ有難かった。

妾宅にしてはびっくりするほどみすぼらしく、豪華な着物や簪(かんざし)とも無縁ではあったが、ここにはこびりつくような貧しさも、りきを侮る眼差しもない。

江戸の喧噪からつまはじきにされたような心町で、りきは生まれて初めて安楽を得ていた。けれど手に入れた安堵は、四年で終わりを迎えた。

平穏を破ったのは、他ならぬつやである。りきは二十四になっていた。

「この娘はね、おつやというんだ。これからここに住まうから、よろしく世話しておくれ」

何か訳ありの、親類の娘だろうか？　最初は、そう思った。ふたり目の妾だと知ったときも、悪い夢を見ているようで、怒っていいのか泣いていいのかすらわからない。

つやもまた同じであり、りきに対しては、あからさまな敵意を隠そうともしなかった。

「用済みの年増のくせに、いつまでここにいるつもりだい。旦那のお世話は、あたしがちゃあんとしておくから、とっとと出ていっておくれよ」

同じ台詞を、いつ六兵衛から吐かれるかと、あの頃はただ怯えていた。色街の遊女も、歳を経れば遣手婆になる。同じ立場に落ちたのだと、愕然とした。

冬の最中に着物をすべて剝がされたような、芯から心許ない思いをしたが、三月が過ぎても半年を経ても、六兵衛のあつかいは変わらない。ひとり増えたぶん、さすがに間遠にはなったものの、やはりりきの閨にも通ってくる。

「おまえのからだは温かいねえ、おりき。まさに湯たんぽのようだよ。人にきいたんだがね、たんぽってのは湯の婆と書くそうだ。婆とは妻のことでね。ひとり寝の折に、妻の代わりに抱いたから、唐ではその名がついたそうだよ」

他の女とくらべられるのは、やりきれない。妾の前で妻を語るのも、お門違いだ。

刃先の丸い小刀で、身を削られるに等しい。六兵衛には、わからないのか。それとも男というものは、おしなべて鈍感なのか。

妾をともに住まわせる意図も、やはり呑み込みがたい。手伝いの婆やは、呆れた口ぶりで容赦なくこき下ろした。

「大奥でも、気取っているおつもりですかねえ。それならもうちっと、ましな妾宅をあてがってほしいものだよ。こんなしょぼくれた町じゃ、見栄も張れやしない。あの旦那はね、そもそもケチなんですよ。二軒も抱えるのは金がかかる。それが何よりのわけですよ、きっと」

半分は当たっている。けれどもう半分は違う。りきはそこに、六兵衛の闇を見た。

闇は真っ暗なだけに、実も本心も摑みようがない。ただ、ひとつ所に何人もの女を囲うのも、わざわざ不美人ばかりを選り好むのも、六兵衛の中に暗く穿たれた闇ゆえだ。

同じ闇は、りきの中にもあるのだろうか。それとも、六兵衛の丸い刃先で穿たれながら、少しずつ広がっているのだろうか。

それまでとは違う、不安がわいた。六兵衛に乞うて、自らここを出ていくべきだろうかと、何べんも頭の中で問うた。けれどこの家を出ても、その先が続かない。あの父がいる家に戻るのは、死んでも嫌だ。寄る辺のない身の上が、りきの腰を重くさせた。

ぐずぐずとした物思いは、二年近くも続いたろうか。りきの気鬱をなだめ、とり去ってくれたのは、意外なものだった。

りきの目に留まったのは、妙な形をしていたからだ。六兵衛の抱えてきた風呂敷の小荷物が、一端だけ出っ張っており、何だろう、と首を傾げた。

その日も六兵衛は、つやと奥に籠もり、風呂敷包みは表座敷に置き忘れられていた。婆やはすでに寝間に引っ込んでいる。

土産のたぐいだろうかと何気なく包みを開けると、中から細長いものが、ころりとまろび出た。長さは六寸ほど、りきのぽっちゃりした肘下の腕と同じくらい、ちょうど掌に収まるくらいの太さがある。円柱形だが、先端は丸くふくらんでいる。

初めて目にした道具のはずが、その淫靡な形から瞬時に察した。たちまち耳までが熱くなる。男根を模した、張形だった。

黒っぽい木製の道具は、行灯の灯りを受けて、生き物めいた影を作る。

手にとることさえおぞましく、しばし睨み合っていたが、そのとき奥からきこえよがしなつやの嬌声が届いた。妾をふたり抱え、色好みを気取ってはいても、つやを迎えた翌年に六兵衛は五十路に入った。気持ちの通りには、からだがついてこないことも増えてきた。そのための用心に携えてきたのか、あるいは――。

ながめているうちに、おかしな気持ちになってきた。からだの芯が、じんと潤ってくる。

あるいは、独り寝の寂しさを、自ら紛らすために、りきに与えたのだろうか？

自ずと指が伸び、手にとっていた。思いの外、軽い。重さの加減からすると、中は空洞になっている。表面はつややかで傷のたぐいがないことから、新品であるようだ。

思わずとっくりと、その道具と向かい合う。不調法な細工師の手によるこけしのようで、ふくらんだ先端の部分が顔に見えてくる。

また、女の声が耳を打った。つやは声が大きい分どこか芝居がかっていて、こけしの顔を前にすると、思いがけず、りきの胸に滑稽がわいた。

何がおかしくて、どこが馬鹿々々しいのか、よくわからない。

ただ、最前覚えた怪しい感覚が消え失せて、妙な悪戯心（いたずらごころ）が頭をもたげる。

その思いつきを、試してみたくてならなくなった。浮かれるように抽斗（ひきだし）から小刀をとり出す。

珍妙な芋虫に似た顔に、垂れ下がった細い筋を二本、並べて刻んだ。それだけで、顔が笑う。

少し考えて、もう一本逆向きに半円を穿つ。にっこりと笑った顔が出来上がった。思わずりきも、ぷっ、と吹き出していた。

つるりとした頭だけに、まるで地蔵のようだ。

そこから先は、考えるまでもなく手先が動いた。

両の耳を彫り、鼻も入れた。道具の形状から、少し上を向いた顔は祈ってでもいるようだ。つい、胴の部分に合わせた両手を加え、幾筋もひだを入れて衣とした。

二年近くのあいだ、ずっとこだわり続けていた物思いが、すっぽりと抜けていた。

頭は空っぽなのに、握られた小刀は勝手に動く。木の枝の柄に刃を挟み、細い荒縄で縛りつけただけの粗末な小刀だが、祖母の形見である。小刀のあつかいを教わったのも、やはり祖母からだ。器用な人で、掌ほどの木片が、兎や鼠に形を変えるさまは手妻(てづま)のように思えたものだ。見よう見真似で、りきもまた木片と格闘したが、祖母のようななめらかな線には程遠い。武骨な代物を、それでも祖母は味があると褒めてくれた。

「ばあちゃん……」

呟(つぶや)くと涙がこぼれ、膝の上に溜まった木屑に吸いとられてゆく。

張形に刻まれた地蔵の顔は、驚くほどに祖母に似ていた。


「これを彫ったのは、おまえかい?」

次に旦那が来た折に、祖母に似た地蔵に再会した。張形を手に詰め寄られ、たいそうばつの悪い思いをしたものの、どうしてだか六兵衛の顔は嬉しそうだ。

「すみません……ほんの出来心で……」

殊勝に詫びたが、六兵衛はりきの両手を握りしめた。

「そうか、やっぱりおまえかい。いや、おりき、これは面白い、面白いよ」

「……何がです?」

「閨の道具に仏とは、何とも洒落がきついじゃないか。いやね、たまたまヤッチャ場の旦那衆に見られちまってね。たいそうな評判になったんだ」

あの日、気づけば外は白んでいた。鳥のさえずりがきこえ、からだの疲れと清々しい満足感がただ心地よかったが、そろそろ六兵衛が起き出す頃合だと気がついた。ヤッチャ場の世話役をしているだけに、六兵衛の朝は早い。急いで散らかった木屑を掃除して、地蔵顔の張形をまた風呂敷包みに戻しておいた。

何を意図したわけでもなく、ただ頭が空っぽで、からくり人形のように動いただけだ。もちろん嫌味のつもりもない。その日は昼過ぎまで久方ぶりに熟睡し、起きると妙にからだが軽かった。

後で思い返し、叱られる覚悟はしていただけに思わず青くなったが、六兵衛は手柄話のように語る。

「こいつを入れといたことはすっかり忘れていてね、あの日、ヤッチャ場の世話役仲間と昼餉を食べながら、うっかり包みを解いたんだ。そうしたら、こいつが出てきた。たちまちその場の皆が、目の色を変えてね」

趣向の意外ばかりでなく、刻まれた彫りは実用にも富むと、六兵衛は力説した。最初は恥ずかしさばかりが先に立ち、真っ赤になって下を向いていたが、旦那の申し出に、ひょいと顔を上げた。

「それでな、おりき、もう五、六本、彫ってみちゃくれないかい？」

「え？」

「ぜひとも欲しいと、旦那連中に頼まれちまってね」

こんな馬鹿げた話が、あるだろうか？　頭の隅で声がしたが、身の内からわいてきた欲にすぐさまかき消された。彫りたい、もっと作りたいとの思いは、りきが初めて感じる純粋な欲だった。彫った者の正体は決して明かさないことを条件に、りきは承知を告げた。

六兵衛は数日後、十本近い道具を抱えてきて、さすがにその数には赤面したものの、いざ彫りはじめると、照れも恥も霧散する。どんな仏が現れるのかと、祈りに近い思いがわいて、手が動きはじめると、それすら消える。木を彫るという単純な手作業に埋没し、意識は遠くにとんでゆく。

心町の住人は、脛に傷持つ身の上が多いだけに、そこらへんは互いに干渉し合わない。それでも口と目のうるさい者も、中にはいる。六兵衛長屋のとなりの女房も、その手合いだった。

妾と侮っていたくせに、二人目のつやが来て以来、急にべたべたと優しくなった。その憐れみは、三人目のぶんと四人目のこよが加わると、いっそう露骨になった。ぶんはからだの大きな愚鈍な娘で、小柄なこよは抜け目がなく、ちょっと意地が悪い。婆やが腰を痛めてこの家を去ってからは、家事もこなさなくてはならなくなった。

「おりきさんも、大変だねえ。いちばんえばっていい立場のはずが、面倒をみいんな押しつけられちまって。あんたの人が好いもんだから、旦那も甘えてるんだね。たまにはきっちりと、言ってやらないと」

親切ごかして、そんな言葉を吐く女房たちこそ、腹の中ではせせら笑っているに違いない。世の女たちは、何故だか女の部分で勝負する女を厭う。おそらくは嫉妬のたぐいであろう。妻や母に収まったとたん、女としてあつかわれなくなる。それが悔しくて、色街の遊女や妾を、ことさらに憎むのかもしれない。

　妾ばかりでなく、旦那への侮りにもそれは透けて見える。

「まったくあの旦那ときたら、男としちゃ能なしのくせに、女好きだけは直らないんだからね」

　六兵衛にはたぶん、子種がないのだろう。四人の妾は、誰ひとり身籠ることがなかった。もしかしたら、りきを迎えるより前から、当の六兵衛は承知していたのではなかろうか？　不美人好みも相変わらずで、過ぎるほどに朗らかだ。闇が濃いからこそ、表側は明るい――そんなふうに思うことがある。

　六兵衛を恨む気持ちは微塵もなく、かえって感謝の念が募るようになったのも、木彫をはじめてからだ。妾はいわば使い捨ての代物で、三十前になれば放り出されるのが世の常だ。なのに六兵衛は、りきやつやを留め置いてくれている。金にはしわいくせに、無駄飯食らいだと責めることもしない。世間の常識からどんなに外れていようとも、四人の女を守っているのは、やはり六兵衛であった。

　頭の中は空っぽなのに、言葉ではなくそんな思いだけが、胸の中に満ちてくる。


　もう何十体目になるだろう。その日、仕上げた仏は、ひときわ満足のいく出来だった。使い古しの袱紗にくるみ、いそいそと家を出る。

「お出掛けかい、おりきさん」

「ええ、ちょっと根津権現にお参りに」

心町の差配と行き合って、挨拶を交わす。

「ああ、そうだ。お参りに行くなら、届け物を頼まれてくれないかい？」

「届け物って、誰にです？」

「楡爺だよ」

ああ、とすぐに合点がいく。楡爺とは、六兵衛長屋の裏手にある物置小屋に住む、惚けた老爺だった。楡爺が唯一覚えているのは、毎日、根津権現の裏門外の楡の木の下で、おつとめに励むことだ。故に楡爺と呼ばれている。

楡爺を権現裏で見つけて、心町に連れてきたのは六兵衛だ。

「家がないというからさ、裏の物置小屋に住まわせようと思ってね」

りきを妾にして、三月ほど経った頃だろうか。いわば楡爺は、つやよりも古株だった。

人に見向きもされない者を拾うのは、六兵衛の癖であろう。ただし拾った後の世話は人任せだ。

楡爺の世話を引き受けているのは、差配の茂十だった。

飯屋に作ってもらったという、握り飯の包みをわたす。

「今年は夏負けして、あの爺さん、だいぶ痩せちまったからな。少しは食わせないとと思ってね」

何かと気のまわる差配だが、楡爺のこととなると、ひときわ世話焼きになる。

「まるで楡爺は、差配さんの息子みたいだね」

冗談のつもりが、ひどく驚いた顔をされた。この差配にしてはめずらしく、動揺があからさまに顔に出た。

「いつも気にかけてくれて、ありがとうってことですよ」

言いかえると、ああ、といつもの温厚さをとり戻す。

「今日は風が強いから、気をつけてお行きな」

言われたそばから風が吹きつけて、着物の裾がはためいた。

家に籠もりきりに等しいだけに、季節の変わりようにもまるで疎(うと)い。

八月半ば、未だ生暖かさを含んだ秋風が、りきの脛をたたいた。


数文(もん)の賽銭(さいせん)を投げ入れて、鈴を鳴らす。柏手を打って手を合わせた。

それからおもむろに、懐(ふところ)から包みをとりだした。袱紗を開いて、彫り上げた仏を神さまにお見せする。それが礼儀だと思っていた。

仏が彫られた上半分しかご披露しないから、人が見ても閨の道具だとは思うまい。それでも神仏にはお見通しのはずだ。

罰当たりなものに仏さまを彫るご無礼を、何卒お許しください――。

いつもどおり、良い仏が彫り上がったことへの感謝とともに、胸の中で詫びを告げた。

仏の顔にふたたび布を被せ、踵（きびす）を返そうとすると、横からいきなり声がとんだ。

「あの！　その仏像を、見せてもらえやせんか」

となりで祈っていた職人風の男が、りきの手許を覗（のぞ）き込んでいた。

「い、いえ、これは……これは駄目です」

「よほど大事な品なんですね。もしや、名のある仏師の手によるものですかい？」

「とんでもない。あたしが手慰みに彫ったもので……」

「おかみさんが……？」

額に穴が開きそうなほどに、まじまじとりきを見詰める。妾らしい着飾りとは無縁なだけに、その辺の長屋の女房と変わらぬ格好だ。おかみさんと呼ばれたのは、それ故だろう。

りきもまた、初めて相手の姿をきちんと捉えた。

武骨と言える顔立ちと体つきだが、四十前くらいの真面目そうな男だった。

「本当におかみさんが、その仏を？」

「はい……ですから、とても人さまにお見せできる代物では……」

急いで背中に隠そうとしたが、それがいけなかった。後ろに回した拍子に帯に当たり、手から離れて地面に落ちた。袱紗からとび出した道具は、無情にも職人の足許にころがる。かがんだ男が拾い上げ、思わずりきは両手で顔を覆った。

恥ずかしくて、顔が上げられない。脇の下が冷たくなった。

どんなに嘲られるか、罵（ののし）られるか——。両手で目を塞いだままじっと待ったが、返ってきたのは、心の底からのため息だった。

「こいつは見事だ……まるで円空仏だ」

おそるおそる顔を上げ、指の隙間から外を窺う。男はひたすら仏像に見入っていたが、ふいにその顔がりきをふり向く。

「こいつは円空仏を、真似たんですかい？」

「いいえ……えんくうぶつって、何ですか？」

「円空を、知らねえのかい？」

素っ頓狂な声で問われ、首をすくめるようにうなずく。

「円空は、百年以上も前のお坊さまでね、誰より優れた仏師でもあった。線や作りはごつごつして粗いが、何とも言えぬ味がある。素朴ながら、自ずと手を合わせたくなるような慈しみに満ちている。それでいて、どこか神々しい。おれも真似てはみたものの、上っ面がせいぜいで……ああ、申し遅れやした。あっしは仏師で、郷介と申しやす」

本職の仏師であれば、これほど仏像にこだわるのも道理だ。

ただ、この仏をいつまでも人目にさらすのは具合が悪い。

「それ……返してもらっていいですか？」

「あ、ああ、すまねえな。つい夢中になっちまって」

りきにさし出そうとして、あれ、と声をあげる。手の中にある物が何なのか、ようやく察したようだ。りきも観念せざるを得なくなった。

「ごめんなさい、がっかりさせて……仏像なんぞじゃなく、罰当たりな道具です。職人さんのこさえる仏さまとは、雲泥の差で……」

「そんなことはねえ！　あんたの仏には、ちゃんと心がある。魂ってもんが宿っている。そいつがなければ仏像なんて、飾りを施した木や金物に過ぎない。それがどんなに難しいか……」

未だ手の中にある仏に、目を落とす。

「ああ、そうか……この不思議な笑みが、円空仏に似てるんだ」

「笑み、ですか？」

「口は笑っているのに、笑顔とはどこか違う。あれはたぶん、人の生きざまを写したものなのかもしれねえな。生きてりゃどうしたって、悲しみはついてくる。情けない思いもいっぱいする。駄目なてめえを、ありのまんま受けとめて黙って見守ってくれる。そんな気になるんでさ。おかみさんの彫ったこの仏もおんなじだ。ただ優しくて、じっとながめていると泣けてくる。仏にちゃんと心が宿っているからだ」

ぽたっと水滴が、胸の上で祈るように組んでいた手の甲に落ちた。

ぱたぱたと続けざまにこぼれ落ち、止めようがない。職人は驚いた顔をしながらも何も言わず、手の中の仏と同じように、りきの涙が止まるまで黙って寄り添ってくれた。


それからのりきの暮らしは、一変した。まるで六兵衛長屋の前をのったりと過ぎる心川が、急に流れを速めたかのようだ。濁ったまま動かなかった時は、とぶように過ぎていき、瞬く間に暦は冬を迎えた。

「仏像見物のために、寺参りがしたいだと？　たかが手慰みに、また随分な力の入れようだね」

六兵衛は大いに呆れたものの、常の鷹揚さで止め立てはせず、りきは翌日から、弥念寺という寺に通った。はじめのうちは五日に一度ほど、やがては三日おきに家を空けるようになった。

「ちょいと、おりき姉さん、いくら神仏のためとはいえ、度が過ぎちゃいませんか？」

つやにはたびたび文句をこぼされたが、意外にも若いふたりは味方になってくれた。

「炊事も掃除も、みぃんなおりき姉さんにおっつけて。米研ぎひとつこなせないおつや姉さんが、文句をつける筋合いはないでしょうに」

「何だって、おこよ。もういっぺん、言ってみな！　おっつけているのは、あんただって同じじゃないか」

「あたしはこう見えて、料理は得手だもの。これからは姉さんのいない日は、あたしが台所に立つわ。洗濯は、おぶん姉さんがしてくれるって」

こよよりふたまわりも大きく映るぶんが、肉付きの良い顎を引いてうなずいた。

「家のことは、気にしなくていいから」

母を気遣う娘のように、もそりと告げる。からだと同じに口も重いが、手伝いを最初に申し出てくれたのは、ぶんのようだ。

「おつや姉さんには、掃除をお願いしますね」

「だから何だって、いちばん目下のあんたが仕切るんだい！　腹立たしいったらありゃしない」

きいきいと喚きながらも、結局は若いふたりに乗せられて、つやも箒を手にするようになった。

「すまないね、みんな。帰りに何か、甘い物でも買ってくるから」

多少の後ろめたさを覚えながら、いそいそと家を出る。

これは果たして、浮気だろうか？　通い慣れた坂道を登りながら、ふと考えた。

千駄木町は、広い百姓地を挟んで南北に分かれている。心町がある南の千駄木町から、畑を右に見ながら北へ向かう。この道は坂になっていて、先へ行くごとに左手の高台は嵩を失い、やがては丘の上に建つ大名屋敷の外塀に達する。その向こうに寺の屋根が見えると気持ちが弾んだ。北の千駄木町にさしかかるより前に、左に折れて寺社地に入る。数軒の寺が並んでいて、中ほどに弥念寺はある。

本殿の裏手を過ぎると、境内の一隅に樹木に囲まれた小さな離れがある。足はまっすぐにそこに向かい、戸を開けると、嬉しそうな男の声が迎え入れる。

中は畳も襖もとっ払い、広い板間になっている。仏師の仕事場であり、郷介はここに間借りして、仏像を彫っていた。

板間の奥、日の当たる場所に、丸く編んだ敷物がふたつ並んでいる。あたりまえのように片方に腰を下ろし、彫りかけの仏像を手にとった。鑿の道具などではない。分けてもらった角材から彫り進め、すでにほとんど仕上がっている。

となりにいる郷介は、人と同じほどの大きさの座像にかかっていた。

弥念寺のこの離れで、ともに仏像彫りに精を出す。ただ、それだけだ――。と、煙のように立ち上ってきた後ろめたさに蓋をした。

「明後日の十八日は、出てこられるかい？」

「ええ、大丈夫だと思います」

「護国寺の居開帳があるんだ。あそこの寺は、とりわけ仏が多くてな。いっぺんおりきさんにも、見せてえと思ってたんだ。一緒に行こうや」

明後日は、十一月十八日。郷介と出会って、たった三月しか経っていないのかと、半ば呆れる心地がした。りきが笑顔で承知して、郷介も笑顔を返す。あとはただ黙々と、手を動かす。男女がふたりきりでいるというのに、何とも色気のないつき合いだ。

だからこそ、続いているのかもしれない。

もともと華がない上に、女としての盛りも過ぎている。そんな気も起きないのだろうとりきは捉えていたが、いまはただ、このひと時が、得難いものに思えてならなかった。

りきの立場や来し方をきかされたとき、郷介はぽつりと呟いた。

「そうか……だからあんたの仏は、こんなにも胸に響くのか……」

郷介は若い頃に一度所帯をもったそうだが、なにせ仏像より他は目に映らぬような男だ。女房に愛想を尽かされ、二年で離縁してからは、独り身を通していた。

こうしてふた時ばかり、同じ部屋で鑿や小刀でせっせと木を削りながら、時折、笑顔を交わし合う。出来上がった互いの仏像をとっくりとながめ、時には寺巡りをしながらそぞろ歩く。

ばあちゃん、やっぱりばあちゃんの言ったとおりだったよ。色気のないおたふくだからこそ、こんな幸せな時を得た。これ以上は何もいらないから、どうかこの暮らしが、できるだけ長く続きますように——。

形見の小刀に向かい、一心に祈った。その折に郷介が、めずらしく世間話をはじめた。

「あんたの旦那は、六兵衛さんと言いなさったか。いくつになったんだい？」

「来年で、ちょうど六十。一年過ぎれば還暦ですよ」

「そうか、そんな歳なのか……」

また座像に顔を戻したが、少しのあいだ手を止めて、何事か考えている。

物思いを払うように、右手の金槌を、左手の鑿にふり下ろした。

カン、といつもは小気味の良い音がするのに、わずかに音が鈍っていた。

約束をしたのに、護国寺へは行けなかった。

その前夜、十七日の晩は六兵衛が来て、歯嚙みするつやをよそに、こよを連れて寝間に消えた。

事が起きたのは、翌朝だった。

「お姉さん、おりき姉さん、起きて！」

からだを激しく揺さぶられ、重い目蓋（まぶた）を無理やりこじ開けた。血相を変えた、こよの顔があった。

「旦那さんが、目を開けないの！　どうしよう、お姉さん、どうしよう！」

朝市が生業(なりわい)なだけに、六兵衛は日が昇る前にこの家を出る。外の白み具合からすると、日の出から半時後の六つ半といったところか。なのに旦那は、叩いてもつねっても目を覚まさないと、泣きながらこよが訴えた。

　寝衣のまま、急いでこよの部屋に駆け込んだ。六兵衛は布団に仰向けになり、ぽかんと口を開けていた。目蓋もしっかりとは閉じてはおらず、薄目が開いている。目の玉は動かず、寝衣からはだけた胸は、板を張ったように少しも上下しない。

　何事かと起き出してきたつやに、怒鳴るように差配を呼びに行かせた。駆けつけた茂十は、六兵衛の首の横に手を当てて、手首の脈をとる。沈鬱な表情で、ゆっくりと首を横にふった。

「駄目だ、すでに亡くなっている。おそらくは、眠っている間に卒中を起こしたのだろう。長くは苦しまなかったろうから、それがせめてもの救いだよ」

「そんな、旦那さん……こんないきなり、逝っちまうなんて……」

　つやが畳に突っ伏して、声を上げて泣き出した。最前から泣きどおしのこよも、ぶんの大きなからだにしがみつき、その背を撫でながら、ぶんも涙をこぼす。

　りきだけが、ぼんやりととり残されていた。靄(もや)がかかったように頭ははっきりしないのに、胸の鼓動はうるさいほどに脈打っている。六兵衛の死を悟ったときから、胸のどきどきが止まらない。

　いつかこうなると、わかっていた。この家での平穏な暮らしは、六兵衛あってのものだ。六十を目前にして、残る年月が決して長くはないことも承知していた。なのにりきは、見て見ぬふりをした。あえて現実から目を逸らし、仏像に埋没し、郷介とのひと時に浸りきっていた。そのつけが、これなのだ。

六兵衛の亡骸(なきがら)と、泣き崩れる三人の女。りきは現実の重さに、ただ途方に暮れていた。

「大丈夫か、おりきさん?」

差配に肩を叩かれて、びくりとからだが震える。

「大隅屋には、すぐに知らせを送る。旦那の姿を整えるから、手伝ってくれるかい?」

下手な操り人形のように、ぎこちなくうなずいた。

妾三人をひとまず部屋から追い出して、布団を整え、改めて六兵衛を横たえる。すでに筋が固くこわばっていて、両の手は腹の上で組ませ、口はどうにか閉めることができたものの、薄目ばかりは閉ざすことがかなわなかった。

「こうして見ると、安らかな死に顔じゃないか。ちょっと笑ってでもいるようだね」

少しばかり歪んではいるが、たしかに笑んでも見える。これまで閨の道具に彫ってきた仏に、驚くほどによく似ていた。

身の内から熱いものがわき上がり、両の目からあふれ出た。

あの日、大隅屋からの迎えは遅かった。これ以上、恥の上塗りをしたくはなかったのだろう。

人目を忍んで日が落ちたころ、ようやく人足（にんそく）を引き連れた手代が現れて、大八車に載せて主人の亡骸を運んでいった。

妾が葬式に、顔を見せるわけにもいかない。四人の女は、ただ不安に慄（おのの）きながら十日近くを過ごした。

「あたしたち、やっぱりここを、出ていかなくちゃならないの？」

「旦那が死んじまったんだから、それより他にないじゃないか」

「あたしは嫌！　あんなおっかさんのいる家になぞ、二度と帰りたくない」

「……あたしも、家に帰るのは気が重いな。兄ちゃんたちからはいっつも馬鹿にされて」

「親兄弟がいるだけ、ましじゃないか！　あたしなんて、ふた親を子供の頃に亡くして……まあ、可愛がられた覚えもないから、さして懐かしくもないがね」

六兵衛は、女たちの素性にはある意味頓着（とんじゃく）せず、また互いに身の上話をしたためしもない。りきもあえて詮索は避けてきたが、つやは身内がおらず、ぶんの家は貧乏な子沢山で、兄たちから苛（いじ）められてきた。こよの母は、夫に逃げられた鬱憤（うっぷん）を、娘に当たることで晴らしていると初めて知った。帰る場所がないことだけは、四人ともに見事なまでに同じだった。

娘を疎んじ、妾奉公を恥じてもいるくせに、金だけはちゃっかりせしめている。妾は奉公であり、決して多くはないものの、支度金も毎月の手当ても出ていたが、半分以上は親たちに吸いとられ、蓄えなぞほとんどなかった。つやには親はいないものの、育ててもらった伯父夫婦がいるという。

「そう暗い顔をしなさんな。大丈夫、店賃は年末分までいただいているし、次の店子も決まっちゃいない。あんたたちを追い出すような真似はしないから、身のふり方はゆっくりと決めればいい。及ばずながら相談にも乗るし、そう焦らずに、いまは六兵衛の旦那を悼んでおやり」

差配の茂十はそう励ましてくれて、ただ肩を寄せ合うようにして一日一日を凌いでいたが、ささやかな暮らしは唐突に破られた。

妾宅を訪ねてきたのは、大隅屋の内儀だった。

「話にはきいていましたが、よくもまあ、こんなちんくしゃばかりを集めたものですね」

この家の空気を吸うことすら厭うように、袖口で鼻を覆いながら女たちをながめ渡した。

たしか六兵衛より四つ年上だから、六十を三つばかり過ぎている。髪は白く、しわも歳相応だが、目鼻立ちは整っていた。若い頃には、相応に美しかったに違いない。

「おかげでこっちは、どんなに肩身の狭い思いをしたことか。挙句の果てに妾宅で往生するなんて、最後の最後まで厄介をかけられて……」

「そんな言い方は、あんまりじゃないか！　そちらさんにとっても、ご亭主だったお人だろ。死んだ後まで悪く言うなんて」

「およしな、おつや」

「だって、おりき姉さん……」

つやをどうにか抑えて顔を上げると、内儀の目とぶつかった。

「あんたが、おりきさんですか……ひとり目の」

「はい……」

「あんたを囲った頃だけは、あたしも気を揉んだものですがね。四人まで増えたとあっちゃ、腹を立てることすら馬鹿々々しくなりましたよ」

りきを貰い受けるとき、妻の許しを得たと六兵衛は言った。あれは他愛ない嘘か、あるいは内儀の胸中を男が勝手に解釈したか。りきと同じ物思いを、りきよりも一回多く、この人に負わせていたのだろうか――。憐憫めいたものを、りきの眼差しに感じたのか、内儀はわずらわしそうにふりほどき、呟いた。

「実のおっかさんの呪いかね……」

「あの、それはどういう……？　旦那さんのおっかさんは、どんな人だったんですか？　おかみさん、教えてください、お願いします」

懸命に乞うと、内儀は眉間に縦じわを寄せて、明かしてくれた。

「六兵衛は妾腹でね、産みの母親は、たいそう器量が悪かったそうな。六兵衛は三つで本宅に引き取られましたが、おっかさんは行方知れずになった。旦那に捨てられて、堀に身を投げたと、そんな噂も残っておりましてね」

六兵衛の闇の根元には、母親がいた。父に見放された寄る辺ない身の上の母がいたからこそ、四人の女を囲い、決して手放さなかった。いなくなった母親を乞い、闇を招いてしまったのかもしれない。

だが、本当にそれは、闇だったのだろうか？

う、とぶんの喉が鳴り、つられたように、つやとこよも泣き出した。りきも目頭に袂(たもと)を当てる。

六兵衛は間違いなく、辛い家や世間から自分たちを救い上げてくれたのだ。

内儀がりきの前に、薄い紙包みをすべらせた。

「些少(さしょう)ですが、手切れ金と思ってください。大隅屋は金輪際、あなた方とは縁を切らせていただきます」

清々(せいせい)したと言わんばかりに、内儀の口許に、初めて笑みらしきものが浮いた。


「手切れ金て、ひとり一分じゃないか。けち臭いにもほどがあるよ」

中身は一分銀が四枚。真っ先に包みを開けたつやが、気落ちしたように肩を落とす。これでは年を越す前に、干乾(ひぼ)しになる。冬の木枯らしが、急に屋内にも吹きつけてきたようだ。

「おりきさん、お客さんだよ」

戸の開く音とともに、茂十の声がした。重い腰を上げて出てみると、戸口に所在なげに立っているのは郷介だった。それじゃ、と茂十は、あっさりと帰ってゆく。

「すまねえな、おりきさん。ここには足を向けないつもりでいたが、十日以上も姿を見せないし、悪い風邪でも拾ったんじゃねえかと、心配になっちまって……差配さんから、みんなきいたよ。大変だったたな」

郷介の心遣いが有難く、胸がいっぱいになった。

「おりきさんは、これからどうしなさる？　先々のことは決めたのかい？」

「ううん、まだ何も」

「だったら、うちに来ないか？　いや、ぜひとも来てもらいてえんだ」

「郷介さん……」

一瞬、夢を見ているような心地がした。突然舞い降りてきた幸運を、どうしても信じられず、りきはぽかんとしたまま郷介を見詰めていた。

「旦那さんを亡くしたばかりの人に、すぐに嫁に来いとはさすがに言えねえが……そいつはゆくゆく考えるとして、おれはただ、あんたと一緒にいてえんだ。あの離れで仏像を彫って、寺参りをしながら仏像を拝んで……どうだい、おりきさん？」

何を迷うこともない。承知を告げてうなずけば、先の心配からも解放される。なのにりきの顎は、固まったように動かない。

その間合いに、鋭い声が割って入った。

「この裏切者！」

背中の襖が開いて、つやが立っていた。

「あんただけは、信じてたのに……まさか旦那を裏切って、若い男を作っていたなんて」

「おつや……そうじゃないんだよ。この人は……」

「あんたの顔なんざ、見たくもないよ。どこにだって、行くがいいさ！」

そのまま腹立たし気な足音だけを残し、廊下の奥へと消えた。

「すまねえ、おりきさん。おれが迂闊なことを言ったばかりに」

「郷介さんのせいじゃないよ。でも、今日のところは……」

「うん、帰るよ。だが、さっき言ったことは、考えてみちゃくれねえか？」

「ありがとう……来てくれて、嬉しかった」

告げると、武骨な顔が、ようやくほころんだ。

外に目が慣れたせいか、家の中が妙に薄暗く、寒々しい。つやが開け放していった座敷の奥に、ぶんとこよが寄り添うように座っていた。こよは拗ねたように、ぷいと顔を逸らしたが、ぶんは逆に、真っ直ぐにりきを見た。

「おりき姉さんは、あの人のところに行きなよ。あたしらに遠慮なんていらないから」

「おぶんちゃん……」

「おりき姉さんは、幸せにならないと。あたしらのために、ずっと辛い思いをしてきたんだから、その分幸せにならないと。おつや姉さんだって、本当はそう言いたかったんだ。ね、おこよちゃんも、そう思うだろ？」

口を尖らせながらも、こよが小さく首を縦にふる。

ふたりの背後に、六兵衛の姿が浮かんだ。

「頼んだよ、おりき……」

仏に似た笑顔で、そう告げる。

そのときたしかに、光が見えた。

ああ、そうか……。郷介さんに、すぐに承知を伝えられなかったのは、そういうわけか。

慌しく簞笥をひっかきまわし、細工を施した張形をいくつか手早くくるんだ。

「ちょっと、差配さんのところに行ってくる。すぐ、戻るから」

言いおいて、五、六軒離れた、茂十の家に駆け込んだ。

「差配さん、これを売り物にしたいんですが。この手の品を、あつかう店を知りませんか？」

いきなり道具を見せられて、常に冷静な茂十もさすがに仰天する。けれど真剣なりきのようすを見てとると、真面目な顔でじっくりと検めた。

「この仏は、おりきさんが？」

「はい。売り物に、なるでしょうか？」

「たぶんね。色街ならこの手の道具屋もあろうし、閨仏とでも銘打てば、面白がって客もつくだろう。よければ道具屋には、おれから話をつけようか？」

「ありがとうございます、お願いします。それと、店賃はそこからお払いしますから、この先もあの家に住まわせてください」

「女四人で、暮らすつもりかい？」

かっきりとうなずくと、渋めの差配の顔に、ゆっくりと深い笑みが立ち上る。

「さっきの男は、袖にしていいのかい？」

「いえ……できればこれまでどおり、時々会ってもらえれば」

そうか、とこたえた茂十に、ひとまず品を預けた。

また弥念寺の離れで、ともに仏像を彫ることができれば、それだけで嬉しい。
ただ、あたりまえの仏像を彫ることは、もうしない。
りきはそう、心に決めた。

はじめましょ

たったひと晩で、景色が変わった。目に眩しいほどの、白一色に染められていた。みすぼらしい家々も屋根を塗り替えるだけで、こうも違って見えるものか。この窪地に吹き寄せられて、絶えずそこかしこに散らばる塵芥のたぐいも、大気にただよう埃さえも、白い自身に閉じ込めてしまう。

与吾蔵はしばし見惚れていた。人もこんなふうに染め直しができればと、ため息をつく。それは叶わないと、流れのない川が告げる。

雪景色を横に裂くように、川だけが濁った色を晒していた。

『四文屋』は名のとおり、すべて四文銭で片がつく。

奴やひじき煮、青菜の浸しといった小鉢なら一枚、芋の煮ころがしや炙った鰯で二枚、飯と汁は合わせて二枚。蕎麦屋ならかけ蕎麦一杯が十六文、四文銭が四枚だから、同じ値段で腹いっぱい食える。

この飯屋を心町に開いたのは、先代の稲次だった。こんな寂しい場所に、飯屋を開く謂れはない。すぐ傍に根津門前町があるのだから、どうせならそこにすべきだと当時の与吾蔵は勧めた。

「まともな店をもつ、金がなくってな。借金があるから、そいつも返さねえと」

稲次は情けなさそうに言い訳したが、繁華な町を避けたのには、もうひとつ理由がある。だいぶ後になって、与吾蔵は気がついた。色街には誘惑が多い。稲次の場合、女ではなく博奕に弱い。嵩んだ借金もそのためのものだ。

そういう事情で開いた店だから、元手もごくささやかだ。裏長屋の四畳半の板間を客席にして、調理はすべて一畳ほどの台所で行う。竈は一台きり、小さな流しにまな板を載せて調理した。それでも客がついたのは、稲次の腕が良かったからだ。

若い頃は『栄江楼』で修業を積み、与吾蔵もまた同じ板場にいた。『八百善』や『平清』には及ばぬものの、料理屋番付で必ず一段目に名の挙がる料亭だ。

鱗から甘い匂いが立ちそうな立派な尾頭付きの鯛や、鶏卵を贅沢に使った玉子焼き。目の覚めるような鮮やかな青物と、汐雲丹や海鼠腸、山鯨といった山海の珍味。誰もが垂涎しそうな豪華な材が並んでいたが、与吾蔵は栄江楼を思い出すだけで顔が曇る。

板場の徒弟制は、陰湿で理不尽なものだった。絶えずどやされ蹴飛ばされ、兄弟子たちからは執拗に苛まれた。何がこうも憎まれるのかと悶々としたものだが、たぶん理由などないのだろう。

与吾蔵と稲次は、性質がまったく違う。なのに同じ手酷い仕置きを受けた。

与吾蔵に優しい言葉をかけてくれたのは、八つ年上になる稲次だけだった。

この気弱な兄弟子もまた、上からも下からも馬鹿にされ、小突き回されるような日々だった。博奕に走ったのもそのためだろう。賭場の胴元が店に乗り込んできて、栄江楼を首になった。弱い者は踏みつけにし、生意気な者はしつけと称して甚振る。それが世のあたりまえだった。
稲次がいなくなると、与吾蔵はさらに荒れた。生来の気性の激しさも手伝って、板場はもちろん誰彼構わず喧嘩をふっかけた。往来でぶつかった横柄な商人を殴りつけ、その商人が栄江楼の贔屓客であったために、店から暇を言いわたされた。以来、あちこちの料理屋を渡り歩いた。栄江楼の名を出せば雇い先には事欠かないが、板場はどこも似たりよったりで、長く居着くことができなかった。

「また、やっちまったのかい。おめえのきかん気は、変わらねえな」

咎め口調ではなく、手のかかる子供をなだめるように、稲次は迎えてくれた。

店を替わるたびに必ず訪れるのが、四文屋だった。

そんな暮らしがずっと続くものだと、あの頃は思っていた。転機が訪れたのは、与吾蔵が三十路を過ぎたときだ。稲次の顔色が冴えず、いつになく手際が悪い。

「兄さん、どうしなすった？」

「いや、このところ、ちょいと加減が悪くてな……なに、たいしたことはねえさ」

無理に作った笑顔が、事の深刻さを物語っていた。寝付いたのはその翌月、冬の真ん中あたりだった。稲次が倒れたと知らせてくれたのは、心町の差配だった。

「去年、ようやく金を返し終えてなあ……気が抜けちまったのかもしれねえな」

寝床の中で、薄いため息をこぼした。

「おめえ、仕事は？」

「辞めた」

「おれのためにかい？」

「違えよ。どのみち年が変わる前に、店を替わるつもりだった。板場ってのは、どこも糞野郎ばかりだ」

　吐き捨てると、そうか、と呟く。どちらも身内の縁が薄い。稲次が床についてからは、与吾蔵が看病していたが、日が昇るたびに百匁ずつ目方が削られていくようで、目に見えて痩せていくのが怖くてならない。

「与吾よ、この店、継いでくれねえか？」

　ある晩、稲次がそう切り出した。何を気弱なことをと返そうとしたが、穏やかな目に封じられた。

「ここはな、そう悪くねえ。まさに場末だが、暮らしてみてわかったよ。案外、居心地がいいってな。だからここで、四文屋をはじめた」

　思えばその夜、稲次はよくしゃべった。人当たりは優しいが、無口な男だ。与吾蔵にすらも、来し方なぞは語らなかった。もっとも、他人に気軽に明かせるような楽しい話種に事欠くのは与吾蔵も同じだ。十三で栄江楼に入るまでは、継母の冷たいあしらいと、ひたすらそれに抗った記憶しか留めていない。たぶん稲次も、似たようなものだろう。

「おれの弱気もおめえの勝気も、世間さまじゃ疎まれる。ここはそういうはみ出し者ばかりが吹き溜まる。世の中って海を上手に泳げないまま流されてきた。灰汁が強かったり面倒な者もいるが、少なくともあたりまえを楯に、難癖をつけるような真似はしねえ」

　耳を傾けながら、他のことを考えていた。四十の手前で、稲次は生を終えようとしている。料理人としての腕をもちながら、借金に苦しめられて妻子すらもたない寂しい人生だ。

　稲次がこの世に唯一残したものは、立ち腐れた裏長屋に拵えた、この飯屋だけかもしれない。切なさに、胸が絞られた。

「兄さんさえよければ、手伝わせてくれ……おれも職にあぶれているし、枕が上がるまでは包丁人が入り用だろ？」

　真意をくみ取ったのか、ありがとうよ、とか細い声がこたえた。

　翌日から、稲次の看病をしながら四文屋をまわした。

材は正直、ろくなものがない。野菜屑と腰のないふやけた豆腐、小魚や下魚ばかり。これまでいた料理屋なら、残飯と変わらない代物だ。

　それでも、いざ包丁を握ってみると、意外なほどに面白かった。

　そのままではどうにもならない食材も、組み合わせと味付けしだいで食うに値する一皿になり得る。料理屋では店ごとに板長の決めた通りに仕上げねばならないが、ここではよほど頭を使う。指南役は稲次ではなく、店に来る客である。

「この煮豆は、ちっとばかり固えな。稲さんのはもっと柔らかかった」

「白和えの味が妙だぜ。どこがどうとは言えねえけどよ、何か違う」

「お、この芋がらと油揚げは、なかなか乙じゃねえか。悪かねえ、いや、旨いよ」

旨いのひと言が、こんなに嬉しいものだということも、初めて知った。

料理屋では板場と客の座敷は、かっきり隔てられている。料理が美味ければ店の評判は上がるが、料理人が褒められるわけでもない。しかし客同士が肩を寄せ合うような狭い店では、客の顔も反応も逐一伝わる。それがやり甲斐になった。

「まさか芋がらが、こんなに喜ばれるなんて思いもしなかった。今日は油揚げにしたが、次は椎茸や人参と合わせてみるよ」

同じ長屋にもうひと間借りて、稲次の床を移し、ともに寝起きした。日が暮れて店仕舞いすると、毎晩、枕元でその日の献立やら出来やら客の評判やらを語るのが日課となった。

稲次は文句をつけることもなく、うんうんと楽しそうにきいてくれる。もっともその頃には、しゃべることさえ辛そうで、わずかな粥（かゆ）を長い間をかけてすするのがやっとの有様だった。

「おれぁ身内には恵まれなかったが、おめえという弟ができた。ありがとうな、与吾、ありがとうな」

口の中で呟くようにくり返したのが、末期（まつご）の言葉となった。その夜半から熱に浮かされ、声をあげることなく二日後に息を引きとった。

与吾蔵が四文屋に居着いて、わずかひと月半。師走二十日で、四十を迎えることなく享年三十九で先立った。与吾蔵にとっても、たったひとりの兄貴だ。年の内はさすがにがっくりきたが、正月からは店を再開した。

「気落ちしているところ悪いんだけどよ、そろそろ暖簾（のれん）を上げちゃくれねえかい？」

「暖簾なんて上等なもんは、端からねえじゃねえか。もしかして、やめちまうのかい？」

「稲さんが死んじまったから無理強いはできねえがよ、できれば続けてもらえねえか。蕎麦だけじゃ腹に力が入らなくてよ。といって、他所で食うと高い上にたいして旨くねえしな」

次々と様子見にくる客たちの声が尻を押し、気づけば年月が過ぎていた。

「かれこれ七年か……正月がきたら、兄さんの歳に追いついちまうな」

浅く積もった雪をながめながら、同じ色の息を吐いた。

あと半月で稲次の命日かと、頭の隅で考えた。


日の出の四半時前に、朝六つの鐘が鳴る。毎朝、その鐘の音で起き、惣菜の下拵えをして飯を炊く。暖簾はないが、世間の朝飯時と同じころに客が来て口開けとなる。

客のほとんどは独り者の男で、江戸では数に事欠かない。店の客が夏よりも冬場に多いのは、出稼ぎにくる百姓が増えるためだ。大方は人足仕事に就き、同郷の者同士、狭い長屋に三、四人で寝泊まりする。心町の店賃の安さは有難く、渡り鳥のごとく毎年やってくる。他の客も、やはり日雇いの人足が大半で、四文屋で朝夕にかっこむ飯を、何よりの楽しみとしている。惣菜は朝夕で使いまわすこともあるが、炊き立ての飯は何よりのごちそうだ。飯と汁だけは朝と夕に二度炊いた。

ために店は朝夕に開けて、昼間のあいだに仕入れに出掛けた。これにはもうひとつ別の利がある。

近くの駒込浅嘉町で毎朝立つ青物市が、閉まる刻限にあたるからだ。残り物の野菜や切れっぱしを、安く譲ってもらえる。ついでに魚屋や乾物屋をまわって、材を仕入れる。

背に籠を背負い、まず浅嘉町へ入る道を素通りして白山権現に詣でる。それから来た道を戻ってヤッチャ場に行き、となりの肴町で魚を見繕う。この辺りには搗米屋や雑穀屋、味噌醬油店も多く、大方の材はそろう。

ただ豆腐だけは、根津門前町にとびきり安い店がある。大豆の質が悪いだけでなく、たぶん宵越しの豆腐を売り物にしているのだろう。豆腐屋は、まだ真っ暗な時分に起きて、朝飯に間に合うように店を開けるものだが、昨今はこういう店が増えた。安かろう不味かろうではあるのだが、四文屋には有難い店だ。

これも毎日の売れ残りを引きとるから、日によって量がまちまちで、惣菜が豆腐尽くしになることもある。料理屋では絹ごしをあつかうこともあったが、江戸の町中で売られるのは、ほぼ木綿豆腐である。細長く切ってかけうどんに似せる八杯豆腐にしたり、水気を切って酒と醬油で煮しめた押し豆腐にしたり、あるいは油で揚げて霰豆腐にする。

料理屋で覚えた霰豆腐は、名のとおり丸い霰の形をしていた。賽の目に切った豆腐を笊に載せ、豆腐の半分ほどを水に浸けて優しく揺すると、角がとれて丸い形になる。笊に載せる豆腐は十ほど、同じ作業を何十遍もくり返す手間のかかる一品だ。けれども四文屋では賽形のままで揚げている。手間を厭うわけではなく、欠けた豆腐の角が惜しいからだ。

その日もヤッチャ場や魚屋をまわり、いったん店に荷を下ろして、一休みしてから笊を手に出掛けた。

豆腐屋に行く前に根津権現に寄るのも、毎日のことだ。

白山と根津、わざわざ両権現に手を合わせるのは、稲次が生きていた頃からの慣いだった。稲次の病が癒えますように、一日でも長く存えますようにと、ひたすら祈った。稲次はひと月半で身罷ったから、願いがきき届けられたのかは正直わからない。それでも稲次は、与吾蔵が語る料理や客の話を、幸せそうにきいていた。あの顔を思い出すたびに、神仏の加護とやらがあったようにも思える。

以来、仕入れのたびに足が向き、七年経ったいまも続いていた。

寺社地にかかる裏門の手前で、いつものように声をかけた。

「楡爺、寒い中ご苦労さん。風邪ひくんじゃねえぜ」

楡の木の下に腰を据えた年寄りは、返事はおろかふり向くことすらしない。それでもここを通るたびに素通りしないのは、生前の稲次が、楡爺を気にかけていたからだ。六兵衛長屋の裏手にある物置小屋まで、ようすを見に行ったり飯を運んだりしていた。

稲次ほどのまめさはないが、時折、余り飯なぞを届けている。

「雪はやんだが、冷えるからな。今日の晩は、熱い汁をもっていくよ」

通り過ぎざま約束して、裏門を潜った。いつものとおり本殿に向かおうとして、ふと、足を止めた。

小さな唄声がきこえてきたからだ。

はじめましょ
めましょを見ればなりそな目もと
めもと近江(おうみ)の国ざかい
ざかいちがいのお手まくら
まくらの花はあすかやま

その瞬間、ひとりの女の姿が浮かんだ。遠い昔に捨てた女だ。

捨てたくせに妙に忘れがたく、未だに胸の片隅に貼りついている。

思わず辺りを見回して、声の主を探した。

たしか本殿の方角とは反対の、山側からきこえた。この辺りは坂道が多いだけに、境内の西側は小高い斜面を呈している。山というより丘に近く、丘の南半分は、立夏の頃になると霧島躑躅(きりしまつつじ)が咲きほこる。御府内でも随一と称される、躑躅の名所だった。しかし丘の北半分は、お堂がいくつか点在するだけの寂しい場所だ。

雪はやんだものの空気は凍えている。白い毛氈(もうせん)で覆われた景色の中に、ふいに赤い色が点じた。

丘の中腹に堂があり、そこへ続く石段の途中に小さな女の子の姿があった。

「はじめましょ　めましょを見ればなりそな目もと　めもと近江の国ざかい……」

また同じ節をくり返すが、あすかやまから先には進まない。また、はじめましょに戻って、それが何度もくり返される。記憶が過去に巻き戻されて、女が同じ唄を口ずさむ。

おるいい——!

いま来た道を駆け戻り、石段の下に辿り着く。

「おい、いまの唄! そいつを、どこで覚えた?」

唐突な上に、声が大き過ぎた。石段の半ばにある赤い着物が、あからさまにびくりとする。

料理人にしては柄が大きく、面立ちも優しいとは言い難い。子供には懐かれず、また苦手なたちでもある。自分から構うことなどまずしないが、どうしても子供にききたいことがあった。

「脅かしてすまねえな。その唄、おれも知ってるんだ。だから、懐かしくてな」

こちらを見下ろす怯えた顔に向かって、懸命に言い訳する。歳は六つ七つくらいか。

「本当だぞ、ちゃんと唄える……はじめましょ　めましょを見ればなりそな目もと」

唄は正直、得意ではない。ひどく調子っぱずれながら、ひとまずあすかやままで唄いきるつもりでいたが、途中で子供がけらけらと笑い出した。

「おじさん、下手だねえ」

「ほっとけ!」

石段下から怒鳴り返すと、子供がきゃははと笑う。最前の怯えは剝がれている。

「ききてえことがあるんだが、ちょいといいかい?」

律儀に子供の許しを得て石段を上がり、薄く積もった雪を払ってとなりに座った。

「おめえ、この唄、誰に教わった？」

「おっかちゃん」

どきりと、胸が弾む。脈が急に速くなって、真冬だというのに汗すら浮いてきそうだ。

「おめえのおっかちゃん……ひょっとして、おるいって名じゃあねえかい？」

「んーん、違うよ」

子供のおかっぱ頭が、あっさりと左右に振られた。

「そうか、違うか……そりゃ、そうだよな」

らしくない胸の高鳴りも、ふくらんだ期待も、そのひと言で見事に萎んだ。

「おじさん、だいじょうぶ？」

「ああ、気にしねえでくれ。ちょいと疲れが出ただけだ」

目に見えてがっくりと肩を落とす与吾蔵を、不思議そうに子供が覗き込む。

「これね、はじめましょの唄っていうんだよ」

「……そういや、おれもそうきいた」

「誰から？」

「昔の、見知りからだ」

無邪気な問いが、さっきとは違う胸の痛みを呼び起こす。

思えば、ひどいことをした。渡り職人をしていた最中に、出会った女だ。気が安く性も合い、一緒にいると心が安らいだ。

『今木（いまき）』という、与吾蔵が半年ほどいた料理屋で、るいは仲居をしていた。深い仲になったのは、与吾蔵が店を辞めてからだ。それから三年ほど続いたろうか。関わった女は他にもいたが、長く続いたのはるいだけだった。

また、面影がよぎったが、るいは泣いていた。別れ際の顔だった。

怒鳴りつけ手酷く罵（のの）り、泣きじゃくる女をその場に残して立ち去った――それっきりだ。

稲次が倒れたと知らされたのは、それからまもなくのことだ。看病のために心町に移り住み、稲次の死後、また店を開けたころ、ふと思い出した。

事情はどうあれ、酷な真似をした。せめてひと言詫びておこうと、元いた料理屋に足を向けたが、るいはもういなかった。

とり返しのつかないことをした――。以来ずっと、治らぬささくれのように、いつまでもじくじくと痛んだ。四文屋に落ち着いて、平穏な暮らしが馴染むにつれて、どうしてだか痛みがだんだんと増していった。あんな短気を起こさずに、るいをいたわってやれば、るいを手許に置いていれば、今頃は親子三人で暮していたかもしれない。

あのとき、るいのお腹には子供がいた。

あんたの子供だとるいは告げたが、与吾蔵は信じなかった。

『誰の子かわからねえ赤ん坊を、おれに押しつけるつもりか！　そんな厄介もん、さっさと堕ろせ！』

最後に言い放った汚い言葉が、頭の中に鳴り響く。思わず両の手で頭を抱えた。

「どうしたの？　頭痛いの？」

気づけば子供が、心配そうに見詰めていた。広い額と、上がりぎみの一重の目。寒気にさらされた頰だけが赤かった。

もし、生まれていれば、ちょうどこのくらいだろうか？　柄にもなく感傷がこみ上げて、声になった。

「おめえ、歳は？」

「七つ」

「名は？」

「知らない人に、無闇に教えちゃいけないって、おっかちゃんが」

「そりゃ、そうだ。おっかちゃんが正しい」

肯定すると、少し得意そうな顔をする。

「ここで、何してんだ？」

「おっかちゃんを待ってるの。おっかちゃん、お仕事だから」

「毎日、ここで待ってんのか？」

と、問いながら、昨日までは見かけなかったはずだがと首をひねる。境内は広いから、あちこちで遊んでいるのか、あるいは単に与吾蔵が気づかなかったか。

「こんなところに長く座ってると、冷えちまうぞ。家で待ってた方がいいんじゃねえか？」

「おうち、嫌いだから……」

眉間がきゅうっとすぼまって、口をへの字にする。事情はわからないが、いけないことを口にしたようだ。与吾蔵は、腰を上げた。

「あれこれきいて、すまなかったな。おれはもう行くよ。唄、ありがとうな」

笊を掲げて、石段を下りた。もう一度ふり向くと、子供は少しつまらなそうな顔で与吾蔵を見送っていた。

「今日は遅かったね。あまり残っちゃいないよ」

いつもの豆腐屋に行くと、店の婆さんは少し不機嫌だった。


「どうしたい、与吾さん、ぼんやりして」

我に返ると、板間の端に腰かけた差配が案じ顔をしていた。

「鉢をもったまんま、しばし止まっていたよ。何か、心配事でもあるのかい？」

心町で差配を務める茂十（もじゅう）は、四文屋の常連客だ。朝夕は、ほとんど欠かさず顔を見せる。稲次が倒れたと知らせを寄越してくれたのも、稲次の通夜や葬式も、また四文屋を与吾蔵が引き継いだときも、面倒事を引き受けて世話を焼いてくれたのはこの差配だった。

「今日のお勧めは、何だい？」

「へい、鮪（まぐろ）でさ」

「鮪はただでさえ足が早い。与吾さんの手の中で、温（ぬく）まっちまったんじゃねえのかい？」

「漬けにしやしたから、大丈夫でさ」

鉢を盆に載せ、飯を盛り汁を椀につける。辛めに煮た昆布を添えて、盆を差配の脇に据えた。

店がもっとも立て込むのは、夕暮れ時だ。すでに日は落ちて、四畳半の板間には、他に客はいない。混雑を避けてか、茂十が店に寄るのはいつもこのくらいの刻限だった。

「お、旨い！　この漬け鮪は、生姜が利いてるね」

「下魚だけに、冬とはいえ気を抜けやせんから。生姜は毒消しにもなりやすし、からだも温まりやす」

腐りやすい鮪は下魚としてあつかわれ、安い飯屋か裏長屋住まいの膳にしか上らない。

「鮪がこんなに旨いとはね。いや、与吾さんが店を継いでくれて、本当によかった。しみじみそう思うよ」

鮪と飯を交互に頬張り、幸せそうに蜆汁をすする。客のこんな顔が、与吾蔵にとっても何よりの褒美だ。ほっと気が抜けて、洗い場に立ちながら、らしくない鼻歌を口ずさんでいた。今日の昼間、あの女の子が唄っていた、はじめましょの唄だ。

しばらく無言で食していた茂十が、ごちそうさん、と箸を置く。そして言った。

「そいつは、地口尻取りだね？」

「地口……？　って、何です？」

「たしか、書物の名は……ああ、そうだ、『当世風流地口須天宝』だ」

「いや、まったく知りやせんが……てっきり、手毬唄のたぐいかと」

辛うじて、仮名と算盤は何とかなるものの、学の方はさっぱりだ。どんなものかと乞うと、ひと昔前に出された、いわば言葉遊びの本だと茂十が説く。

「誰が書いたかは忘れちまったが、中の『尻取の巻』に、はじめましょから始まるいまの文句があった」

もともとは上方から伝わった、口合段々という言葉遊びだそうだ。尻取りは最後の一字のみで繋ぐものだが、類似の音で、しかも意味の違う言葉で繋ぐものを口合段々と呼ぶ。それが江戸に広まって、通人によりこの手の本も出版された。

「ってえと、この唄も、音は同じで含みの違う句が連なってるってことですかい？」

「そのとおりだ。ちょいともういっぺん、唄ってもらえるかい？　だいぶうろ覚えでね」

言われたとおり、昼間の節をくり返した。

はじめましょ
めましょを見ればなりそな目もと
めもと近江の国ざかい
ざかいちがいのお手まくら
まくらの花はあすかやま

「めましょは召し世、まあ、当世とか今様ということだろうな。めもと近江は、美濃と近江。ざかいちがいは互い違いだね。まくらの花は、桜の花だ」

「ああ！　だから飛鳥山ですかい」

ぽん、と思わず手をたたく。飛鳥山は、言わずと知れた桜の名所だ。

「その後は、さすがに忘れちまったな。幡随院（ばんずいいん）とか助六とか、その辺も出てくるが」

「この唄には、続きがあるんですかい？」

「なにせ書物だからね、結構な長さがあった。それで思い出したが、おれはその書物は読んだが、耳できいたのは初めてだ。節がついて唄になっているとは思わなかったよ」

「節、ですかい……」

じっと考え込んだ。与吾蔵が覚えていたのは、歌の文句ではなく節の方だ。あの子の唄は、昔るいからきいた唄と、音がまったく同じだった。耳にしたとたん、鮮やかにるいの面影がよぎったのもそのためだ。もしも手毬唄や流行り唄のたぐいではないとしたら――。

「何か、気になることでもあるのかい？」

差配に声をかけられて、現実に立ち戻った。曖昧な苦笑いを返す。

「まあ、悪い話じゃなさそうだし、引っかかりがあるってのも悪くはないさ。男の独り者なら、特にな。味気ない毎日の薬味になる」

襟巻を首に引っかけて、ごちそうさん、と差配は店を出ていった。

二重の意味にきこえたのは、考え過ぎだろうか。

翌日も、与吾蔵は笊を手に、根津権現に出掛けた。

今日はよく晴れたが、おかげで雪が溶け出して、道がぬかるんでたいそう難儀した。仕入れに暇がかかった分、いつもより遅れてしまった。

本殿の裏手で石段を見上げたが、子供の姿はなかった。

心底がっかりしている己に気づく。

もしかしたら、あの子とその母親を辿っていけば、るいに繋がるかもしれない——。

何にでも勝手に節をつけて唄うのは、るいの癖だった。

互いに店に住み込みの身分であったために、日を決めて外で時々会っていた。場所は茶屋や鰻屋の座敷であったり、舟宿で落ち合うこともあったが、事が済んで身支度をしながらよく小声で唄っていた。

「筍羹(しゅんかん)、生利(なまり)小鉢(こばち)、鰹雉子(かつおきじ)焼き、鮎もどき、香物鮓(こうのものすし)、利休卵(りきゅうたまご)」

「何だい、そりゃ?」

「今日の店の献立。節にすると、覚えられるから」

髪に櫛をさしながら、ふり向いて悪戯気(いたずらげ)に笑った。そんなときもあれば、店で句会でも催されたのか、俳句尽くしのときもある。たいていは即興で、その場限りの唄も多かったが、はじめましょだけは、やけに気に入ってくり返し唄っていた。はっきりと質(ただ)すことはしなかったが、おそらくあれも、るいが作った唄ではないか。節回しが、よく似ていた。

唄を伝授したというあの子の母は、誰から教わったのだろう？

その場でぼんやりしていたようだ。ぽん、と腰をたたかれて、派手に驚いた。ふり返ると、昨日の女の子が立っていた。

「何でえ、脅かすない」

「脅かしてないよ、呼んでも気づかないいんだもん。稲荷のお狐さまみたいに、じいっとしたまんまだから、石になったかと思った」

「おれの顔は、あんなに尖ってねえよ」

冗談が通じたのか、きゃはは、と楽しそうに笑う。子供の笑顔はいいもんだなと、昨日と同じ感傷がこみ上げた。

るいが身籠った子は、どうなったろう。女ひとりで子を産み育てるなど、できようはずもない。少なくともるいは、決して気丈なたちではなかった。子を流す薬もあるというし、怪しげな堕胎医も存在する。るいが子を諦めたとしたら、この世に生を享けてはいない。

なのに、生まれていないはずの子供が、どうしようもなくこの子に重なる。すべては、あの唄のせいだ。

「なあ、昨日の唄、もういっぺん、唄ってくれねえか？」

「いいよ」

あっさりと応じて、子供は唄い出した。やはり何度きいても、同じ節だ。安寧の中で錆びついていた心を揺り動かし、苦さと甘さを伴ったるいの面影を呼びさます。

あのとき産ませていればと、悔やまれてならない。見慣れた四文屋の内にるいと子供がいて、三人で語らう幻が浮かんだ。夢想以外の何物でもない。

あのころはただ、世の中の全てが疎ましくてならず、所帯をもつ気などさらさらなかった。幾度となくくり返した言い訳に、苦い思い出が割って入る。

その日、刻限が過ぎても待ち合わせの場所にるいが現れず、今木にようすを見に行った。店の前で番頭と語らう姿を見掛けて、無性に腹が立った。るいがいつになく、深刻そうな表情をしていたからだ。そんな顔を、与吾蔵の前では見せたことがない。相談事でもしているのだろうか。見目が良いと、女たちに人気の番頭だった。

ぷいとそのまま帰り、後になって、店の客が倒れてひと騒動あったと詫びられたときも、番頭のことは口にしなかった。拘(こだわ)りは長く尾を引いて、子供ができたと知らされたときに爆発した。

何のことはない、すべてはひがみ根性と器の小ささ故だ。何年も経ってから、思い至った。償うように、唄い終わった子供に笑いかける。

「その唄詞(うたことば)の含み、知ってるか？」

「知らない、教えて！」

思った以上の食いつきようは、こちらが戸惑うほどだ。

「おれも昨日きいたんだがよ、めましょってのは……ええっと、何だっけ？」

たどたどしいながらも、期待の籠もった瞳に促されて、どうにか受け売りの意味を披露する。

「そっかあ、召し世と美濃、互い違いと桜だったんだ」

覚束(おぼつか)ない説きようにもかかわらず、乾いた砂が水を吸うようにたちまち子供は理解する。与吾蔵はもちろん、献立を唄にしていたほどだから、るいも読み書きは不得手だった。

やっぱり人違いか、とあたりまえの結びにひどくがっかりした。

「いけねえ、そろそろ行かねえと。また、豆腐屋の婆さんにどやされちまう」

「もう行っちゃうの？」

不満げに口を尖らせる。ころころと変わる表情が、また面白い。

「帰りもここを通るからよ。ちょっと待ってろや」

笊を抱えて急ぎ足で豆腐屋に向かい、帰りに菓子屋に寄った。権現の裏道を戻ると、子供は律儀に待っていた。

「ほれ、これ食えや。まだ、あったかいぞ」

ふかし立ての饅頭(まんじゅう)を差し出した。嬉しそうに輝いた瞳が、すぐさま用心深げな色になる。

「知らない人から、物をもらっちゃいけないって、おっかちゃんが」

「そうだった、言いつけは守らねえとな。知らないおじさんには、決して気を許しちゃならねえぞ。かどわかされでもしたら、一大事だからな」

「おじさんだって、知らないおじさんのくせに」

「そりゃあそうだが……おれは与吾蔵ってんだ」

四文屋という飯屋の親父で、千駄木町(せんだぎちょう)の心町にあると子供に告げた。

「あたし、ゆか」

「おいおい、そう容易く名を明かすもんじゃねえよ。相手が人さらいだったらどうすんだ？」

「おじさんは、人さらいなの？」

「おれは違えよ。用心しろって言ってんだ」

「わかんないよ」

ぷくっと不満げに頬をふくらませる。たしかに我ながら、かなり頓珍漢な説教をしている。つい笑いが込み上げた。

「さっきの唄の礼だから、遠慮なく食え」

理屈を説いてやると、安心したように饅頭を受けとる。皆そうに頬張る口許をながめるだけで、気持ちがほころんでくる。四文屋で客に感じるものと似ていたが、少し違う。擦れるような切なさを伴っている。

「ゆか坊、明日はもうちっと早く来るから遊ぼうや。鬼ごっこでもかくれんぼでも、何でもいいぞ」

饅頭を口に入れたまま、ゆかは何度もうなずいた。

「じゃあ、いくよ。芋がらのら」

「いきなり、らからはじまるのかよ。……ええっと、ええっと」

「しょうがないなあ、与吾おじちゃんは。がらやからでも負けてあげる」

「なら、唐薯だ！」

「唐薯って、なに？」

薩摩芋のことだと言うと、へえ、と目が輝く。新しい言葉を覚えることは、この子にとって何より楽しい遊びのようだ。

もう十日はかるく過ぎているだろう。あれから毎日、根津権現の石段で子供と顔を合わせた。ただ、その遊びだけは閉口した。ゆかが所望したのは鬼ごっこでもかくれんぼでもなく、しりとりだった。

母親を待つあいだ、ひとりでしりとりをするのが常であったようだ。相手を見つけて大喜びしていたが、あいにくと与吾蔵は相手としては分不相応だ。四十年近く溜めた言葉を集めても、七歳の子供に敵わない。

ゆかは必ず、いろはのいからはじめる。犬、鼬、壱、池、石、泉、頂き、井桁、今、十六夜……。毎日いではじまる違う言葉から、ゆかはこの遊びをはじめる。いのつく言葉がこれほどあるのかと驚かされる。

言葉に対する感性が、おそろしく鋭い。自身には恵まれない才だけに、与吾蔵は舌を巻いた。

「七つなら、手習いに通えばいいじゃねえか。年が明ければ八つだろ、遅すぎるくれえだ。しりとりの相手にも、きっと事欠かねえぞ」

「女の子に、学なんて要らないって小母さんが……」

この半月近くのあいだに、ゆかの境遇もわかってきた。

父親はゆかが生まれる前に亡くなり、母親は子供を親類にあずけて住み込みで働いていた。親類といっても縁は遠く、ゆかはその家で厄介者あつかいをされているようだ。賢いだけに察しているのだろう。たったひとつ見つけた居場所が、根津権現だった。広い境内のあちこちで、参詣客をながめたり、境内で見かけた猫を追ったりしてひとりで遊んでいた。あの日、裏門に近い石段にいたのは、たまたまであったようだ。

しりとりの相手としては不足でも、話し相手がいるだけで嬉しいのだろう。与吾蔵という見知らぬ男に懐いたゆかが、危うくもあり哀れでもあった。

「母ちゃんは、相変わらず来ねえのか？」

しりとりはいつも、与吾蔵が降参して終わりになる。二度目のらで早々と負けを認めると、ゆかにたずねた。

「うん……いつもなら、十日にいっぺんは会いにきてくれるのに」

歳のわりに口が達者で、どちらかといえば小生意気なゆかが、そのときばかりは寂しさを素直に顔に出す。

「いまは師走だからな、料理屋にとってはかき入れ時だ。おっかさんも、からだが空かねえんだろう」

ゆかの母親が、やはり料理屋の仲居をしているときいたことは、与吾蔵にとって朗報だった。どこかの店で、るいと一緒に働いていたのではないかと希望をもった。すぐにでも確かめたいところだが、ゆかは店の名も知らされていなかった。

「おっかちゃんが会いにきて、また店に戻るとき、必ず境内のこの道を通るの。だから、ここで待っていれば、それだけ早く会えるでしょ」

ゆかと一緒に、るいの消息に繋がりそうな母親を、辛抱強く待った。

とはいえ、与吾蔵が境内に留まるのは、豆腐屋への行きと帰りを合わせても、半時がせいぜいだ。折よく母親に出会えるとは限らず、代わりにゆかに言伝（ことづて）した。

「いいか、おっかさんに会ったら、きいてくれ。あの唄を誰に教わったか、それと、るいという仲居を知らないかって」

「わかってるよ、もう何べんもきいたもん」

不機嫌そうに顔をしかめながらも、母親に会ったら必ずと、ゆかは約束してくれた。

「それじゃあ、また明日ね、与吾おじちゃん」

「あいにくと、明日は来られねんだ。師走二十日は、おれの兄貴の命日でな」

稲次が逝って、ちょうど七年。七回忌は去年済ませたから、墓参りに行き、寺の僧侶に経をあげてもらうだけだが、稲次の頃からの馴染み客や差配の茂十も同行する。

「そっかあ……」と、がっかりをあからさまにして肩を落とす。惜しまれるのがくすぐったく、与吾蔵としてもまんざらでもない。

並んで語らっていると親子に見えるらしく、通りがかりの者や寺男などから、「仲がいいねえ」とか「いつもおとっつぁんと一緒だねえ」とか、微笑ましそうに声をかけられることも多くなった。気を引き立てるように続ける。

「そのかわり、明後日は玉子焼きを作ってきてやるよ。玉子焼き、食ったことあるか？」

「ない！　玉子焼きって、美味しい？」

「旨いぞお。うんと甘くて、頬っぺたが落ちちまうぞ」

うわあい、とゆかが両手を広げる。稲次の命日には店を休むが、料理はする。いつもより奢った材で腕をふるい、茂十をはじめ故人を悼む客たちに振る舞うのだ。豆腐も宵越しの崩れ豆腐ではなく、白山権現の門前町で、値は張るが角のぴんと立った上物を求める。

高い鶏卵や砂糖を奢った玉子焼きも、毎年欠かさず拵える一品だった。

明後日の約束をして、じゃあな、と腰を上げようとしたとき、あっ、とゆかが叫んだ。

「おっかちゃんだ！　おっかちゃんが帰ってきた！」

ころがるように石段を駆け下りて、一目散に裏参道を南に向かう。ずいぶんと離れていたが、待ちかねていただけに、子供は母親の姿を真っ先に見極めた。紅鳶色の綿入れ姿の女にしがみついた。母親も驚いたように声をあげ、その場にしゃがみ、小さな娘を抱きしめた。

久方ぶりの親子の再会に、水をさすつもりはない。それでもしばらくながめていたのは、ゆかが本当に無邪気で嬉しそうだったからだ。どこかで無理をしているのか、日頃は歳のわりに大人びている。母の前では歳相応に戻り、声も仕草もはしゃいでいた。

少なくとも半月ぶりになろう。会えない日々をとり戻さんとするように、ゆかは何事か懸命にしゃべり続けている。ふいにゆかがふり向き、与吾蔵を示した。

娘の指を追い、母親が顔を上げた。

奇妙な、感覚だった。目が合うには、離れ過ぎている。顔もしかとは判じられない。なのに同じ思いで見つめ合っている。

ふらふらと足が前に出たのは、与吾蔵の方だった。ひと足ひと足を踏みしめるごとに、時が過去に遡る。ようやく母親の表情が捉えられた。面は氷詰めのように止まったままなのに、与吾蔵には手にとるように心の揺れが伝わった。

「おるい……」

「与吾さん……」

それしか、かける言葉がない。思いがけない再会だった。止まったままの時を、再び動かしたのはゆかだった。

「るいじゃないよ、おっかちゃんの名は、れんだよ」

「どういうことだ？　名を、変えたのか？」

喉が干上がって、うまく声にならない。掠れた声で問うた。

「店ではるいと名乗っていたけど、本当の名は、れんというの。今木にはもうひとり、おれんさんがいたでしょ？」

「あ！　あのけったくそ悪い仲居頭か！」

店内に同じ名がふたりいてはややこしい。仲居頭の命で変えさせられたと、るいは説いた。

「与吾さんは、おれんさんのこと毛嫌いしてたから、本当の名を告げられなくて」

「じゃあ、おれんて呼ぶか……うーん、どうもしっくりこねえな。正直、あの根性悪な婆さんが浮かんじまう」

本気で悩みはじめた与吾蔵をながめ、くっと女の喉が鳴る。どこかこわばっていた表情が、鮮やかにほどけた。

「変わってないね、与吾さんは」

嬉しそうに告げられて、胸が大きく脈打った。からからに乾いた胸が、雪解け水を得たようにひたひたとあふれてくる。

「与吾さんには、昔のまんま呼んでもらって構わないよ。店ではいまも、るいで通しているし」

今木を辞めてからも、別の店で仲居を続けているという。

「じゃあ、そうさせてもらおうか。いや、そんなことよりも詫びを言わねえと。おめえにとってはいまさらだろうが、ずっと気にかかっていて……」

「与吾さん、その話は」

少し怖い目でにらみ、かすかに首を横にふる。詫びの結び目にいるのは、この子だ。ゆかの前で、迂闊(うかつ)な話はできない。

大人たちの沈黙に、無邪気な声が割って入る。

「おっかちゃんと与吾おじちゃん、知り合いだったの?」

「そうよ、おゆか。昔ね、同じ料理屋で働いていたの」

たちまち調子を変えて、明るい声でるいが応じる。

「へええ、そうだったんだ。あ、おじちゃんの言伝、伝えないと」

約束を思い出し、律儀に果たそうとするゆかに与吾蔵がにわかに慌てる。

「はじめましょの唄のことと、あと、るいって仲居を探してるって……あれ？　るいは、おっかちゃんだっけ？　てことは、おじちゃんが探してたのは……」

「馬鹿！　よけいなことは言わなくていい」

「伝えろって、おじちゃんが言ったくせに！」

「まあまあ、すっかり仲良しになったんだね」

いつもの調子で遠慮なくやり合う姿に、目を細める。それすら与吾蔵には、眩しくてならない。互いに七年分、歳をとった。与吾蔵の四つ下だから、るいは三十四のはずだ。それでも昔よりきれいに見えた。

となりに、ゆかがいるためだろうか。優しいが臆病で、何事にも遠慮がちな女だった。母親になって、子供という器にあふれんばかりの情を注いできた。その自負が自信となって、るいの内側に満ちていた。

「おれよ、千駄木町に落ち着いたんだ。いまはひとりで飯屋の親父をしている。といっても、心寂れた町のちっぽけな店だから、とても威張れる代物じゃあねえんだが」

三年つき合っただけに、稲次のことは通りが早い。明日が命日だと知ると、心からの悔やみを告げ、店を継いだこともやはり喜んでくれた。

「一度、店を継いだことゆか坊と一緒に遊びにこねえか？　年が明けてからでも構わねえからよ」

「あたし、行きたい！　ね、行こうよ、おっかちゃん！」

娘の勢いに押されて、少し困った顔になる。どことなく歯切れが悪い。

昔の仕打ちを思い出せば、憎まれてあたりまえだ。よりを戻そうなんて虫が良すぎる。

とうに与吾蔵のことなど過去に打遣(うっちゃ)っていたか、あるいは、すでにいい男がいるのかもしれない。それでも言わずにはおれなかった。

「ゆか坊とここで会って、仲良しになってな」

「ええ、この子からききました。すっかり懐いてしまったようで」

「だから、ゆか坊のためなら、何だってしてやりてえ。もちろん、ゆか坊だけじゃなしに……おっかさんのことも。困ってることがあったら、何でも言ってくれ」

「与吾さん……」

ありがとう、と微笑んだ。目尻が緩やかに落ちた笑顔は、昔と変わらなかった。


「何でえ、親父、ずいぶんとご機嫌じゃねえか」

このところ調子っぱずれな鼻歌が増えたことに、客は面食らっている。半ば薄気味悪そうにしながらも、からかい口調でたずねる。

「根津の色街に、いい女でもできたのかい？」

「色街じゃなく、権現さまだがな」

「寺に女がいるものか。まさか尼さんじゃなかろうな？」

軽口の応酬に、他の客からどっと笑いが起こる。客に言われるまでもなく、与吾蔵はすっかり浮かれていた。

稲次の命日を済ませ、次の日は玉子焼きを手土産にして、また根津権現に行った。

「こんな美味しいもの、初めて食べた！　頬っぺたが三つも四つも落ちちゃうよ」

ゆかの喜びようは期待以上で、その後も相変わらず根津権現で落ち合っている。ゆかと過ごす半時ほどは、すでに与吾蔵の生甲斐になっていた。

「おじちゃんが、ゆかのおとっちゃんに、なってくれたらいいのになあ」

ゆかがそう口にすることもしばしばで、自ずと頬がゆるむ。

親子三人で、この四文屋で暮せたら――。夢はどんどんふくらんでいった。

年末は仲居の仕事で忙しそうだが、元日くらいは休みがもらえよう。一緒に初詣に行かないかと、ゆかを通して誘ってみた。色好い返事をもらえて舞い上がった。

「まさに、はじめましょ、だな」

初詣の折に、一緒になってほしいと告げるつもりでいた。新しい暮らしを営むのに、これ以上の好機はない。

しかしその夢は、豆腐のようにもろく崩れた。

大晦日（おおみそか）、るいがふいに四文屋を訪れた。

「よく、辿り着けたな。わかり辛え場所だから、難儀したろうに」

千駄木町に入ってからは、何べんも人に道をたずねたと、るいがこたえる。

日の落ち時であったが、大晦日と元日は、四文屋も休業だった。

明日の元日は、初詣の後にるいとゆかを招いて、雑煮でも振る舞うつもりでいた。昼間のうちに餅やら蒲鉾やらを買い、ゆかのために玉子や砂糖も手に入れた。

一日早い来訪には驚いたものの、与吾蔵にも否やはない。夕刻から降りはじめた雪が、髪や肩をうっすらと濡らしていた。この冬は、雪が多かった。

「すっかり冷えちまったろ。一本つけるが、どうだ？」

「いただきます」

と、神妙に応える。酒はあまりいける口ではなかったはずだが、温まるには何よりだ。

飯屋ではあるが、客の所望で安酒を置いていた。二合徳利に注ぎ、湯につける。料理屋では燗番は別にいたから、燗の加減もやはり四文屋で覚えた。盃なぞという上等なものはなく、小ぶりの茶碗に注いで差し出した。

礼を言って口をつけ、ふうっと長い息を吐く。燗酒だけにちびちびとながら、茶碗一杯をあけるまで、るいは何も語らなかった。

「どうしたい、怖い顔して……初詣に誘ったのは、やっぱりまずかったか？」

るいはこたえず、与吾蔵が注いでやった二杯目の酒に、じっと目を落とす。

「そういや、まだきちんと詫びていなかったな。あのときは、すまなかった……おめえとゆか坊に、ひでえ真似をした」

「そんな話じゃ……」

「詫びなんて、いまさらだとわかってる。おめえには、どんなに恨まれても仕方のねえことをした」

「わかってないね、与吾さんは」

るいの細い腕が、与吾蔵に伸ばされた。引かれるように、板間に腰を落とす。

「あたしに優しくしてくれたのは、与吾さんだけだった。仲居頭のおれんさんから、あたしを庇ってくれたのも、顔を合わせるたびに大丈夫かと気にしてくれたのも、与吾さんだけ……」

「それは、あの婆あが根性悪だったのと……小突きまわされてるおめえが、ちょっと重なったんだ、稲次の兄貴によ」

弱い稲次も、儚げなるいも、守ってやらねばならない存在だった。守られていたのは、実は自分の方だったと、稲次が死んでから思い知った。こんな情けない男を、ふたりはあてにして頼ってくれた。おかげでどうにか、立っていられた。稲次が店を遺したのも、きっとそのためだ。自分の亡き後、つっかい棒になるようにと与吾蔵に託してくれたのだ。

るいのもとに留まれば、生まれたゆかが何よりの支えになってくれたろう。

「与吾さんが、人が変わったように怒ったのは、あのときだけ。お腹の子が厄介で、逃げちまったんだと思った」

怒ったことよりも、それっきり音沙汰なしになり、行方をくらましてしまったことの方がよほど応えたと、るいは初めて恨み言を口にした。

たしかに、逃げたのだ。稲次の具合が芳しくないことを言い訳に、身重のるいを放りだした。どれほど心細い思いをさせたか、いまさらながらに後悔がずっしりとのしかかり、自ずと頭(こうべ)が下がる。

「すまねえ、おるい……本当にすまなかった」

ひたすらに詫びをくり返し、その上でおそるおそる切り出した。

「おるい、頼む、もういっぺん、やり直させてくれねえか。いままでのぶん、おめえとゆかを、うんと大事にする。約束する、だから……」

気持ちを込めて、女の手を両手で握りしめた。だが、るいの手は、冷たいままだ。男の熱を厭うように、するりと抜けてゆく。

「今日、来たのはね、別のことなの。ゆかのこと、言っておかないとって……」

「ゆか坊の、何を……？」

問いながら、半ば察しがついた。与吾蔵が、何より恐れていたことだ。

探し求めていた女に会えて、平穏の中の寂しさが癒されて、そしてゆかとの語らいがあまりに楽しくて、あえて目を背けていた。

「ゆかは、与吾さんの子供じゃないんだ……」

「……そうか」

それしか言えなかった。ふくらみきった期待(さき)が、見事に砕け散った。

呆然とへたり込む男を尻目に、手酌で酒を注ぐ。一息であおり、そして告げた。

「ゆかは、拾い子なの」

え、と顔を上げた。るいの横顔は、悲しいというより悔しそうだった。

「浅草のお寺に捨てられていた赤子を、貰い受けて育てたの。だから、与吾さんともあたしとも、血の繋がりはないの……」

　頭を殴られた直後に、すべては夢だったと明かされでもしたようだ。ちまちまと悩んでいた後悔や悋気(りんき)すらも思い過ごし、夢であったに等しい。

「じゃあ、あのとき腹にいた子は……」

　月足らずで生まれ、五日目に死んだという。初めてるいの頰に涙がこぼれた。

「赤ん坊は死んじまったのに、乳だけが染み出てくるの……十日経っても、二十日が過ぎても止まらなくて……そんなとき、寺の境内に捨子があったときかされて」

　矢も楯もたまらず、その子を育てたいと訴えた。捨子の処遇には、お上が口を出す。あつかいが悪ければ、寺や町内の顔役が咎めを受ける。まず夫婦者(めおともの)であることが条件となるのだが、るいには強い後ろ盾があった。

　今木はことに、文人墨客(ぶんじんぼっかく)のたぐいに好まれた。その中に、句会などに連れ添って訪れる夫婦者がおり、るいはこの夫婦に可愛がられた。商家の隠居であり、妻も歌や俳句をたしなむ。与吾蔵が去った後、ひとりで産もうと決めたときも、この隠居夫婦が手助けしてくれたという。

「もしかして、あのはじめましょの唄も……」

ええ、とるいがうなずく。句を教えてくれたのはその妻であり、るいが勝手に節をつけた。夫婦がたいそう気に入ったために、るいは何度も披露したという。

ゆかは表向き、この夫婦の養女としてもらわれて、るいが大事に育てた。

腹が目立ってきた折に今木は辞めたものの、別の料理屋でまた働きはじめ、ゆかは隠居夫婦が預かってくれた。ゆかが言葉に達者なのも、この老夫婦のおかげだった。

不幸が訪れたのは、ゆかが四つのときだ。隠居夫婦の妻が死に、夫は急速に呆けていった。店を継いだ息子からは、これ以上は関わりたくないと放り出された。

るいも与吾蔵と同じに天涯孤独の身であり、ろくに行き来のない遠い親類に、ゆかを預けざるを得なかった。

「本当は、黙っておこうと思ったの。親類にすら明かしてないし、当のゆかも何も知らない。あたしだって、いまじゃ血を分けた娘だと思ってる」

あれほど母を慕うゆかを見れば、よくわかる。

「だから与吾さんにも、黙っているづもりだった。与吾さんは勘違いしているようだったし、あんなに可愛がってくれて、ゆかもすっかり懐いちまって……」

茶碗を膝に置き、寂しそうに微笑んだ。

「あたしさえ黙っていれば、与吾さんとゆかと三人で幸せになれる……そんな夢を見ちまって」

互いに同じ夢を、描いていたのか――。胸が締めつけられるように苦しくなる。

「どうして、そうしなかった？」

「いつか、ばれちまうと思ったから。だってゆかは、あたしにも与吾さんにも、ちっとも似ていないもの」

泣き笑いの顔になり、初めて与吾蔵と目を合わせた。

「顔形ばかりじゃなく、あんなに賢い子供は、逆立ちしたってあたしから生まれようがない。与吾さんにも、いずれは気づかれちまう」

そういうことか、とひどく得心がいった。老夫婦の仕込みもあろうが、言葉に対する類まれなる感性は生まれつき、おそらくは実の親から受け継いだものであろう。

るいが手の甲で涙を拭い、腰を上げた。

「ごめんね、与吾さん、こんな始末で。でも、吐き出したら、すっきりした」

「おるい……」

「束の間だったけど、いい夢が見られた……おじさんはもう来ないって、ゆかにも伝えておくから」

引き止めようと、心は逸(はや)るのに動けなかった。何に対してかわからないが、切なさが奔流のように押し寄せて足にからみつく。

戸が開き、外に漏れた薄明かりに、背を丸めた女の後ろ姿が浮かぶ。

舞い落ちる雪の白に、紅鳶色の綿入れがひどく映えた。

「なんだ、いたのかい。声をかけても応じないから、留守かと思ったよ」

開いた戸口から、差し込む朝日がまぶしい。片手で目を庇いながら、のろのろとからだを起こした。差配の茂十だった。

「深酒とは、めずらしいね。まあ、正月くらい構わないが」

昨日はあれから、したたかに呑んだ。板間には、空の一升徳利がころがっていた。

「ひとまず、正月の挨拶にな。明けましておめでとう」

「おめでとう、ございます。本年もどうぞよしなに」

出来の悪い玩具のごとく、ぎこちなく頭を下げた。どこが目出度いものかと、酒のせいで働かない頭の隅で毒づいた。

「それと、これを渡そうと思ってね。二、三日前に手に入れたんだが、暮れは何かと忙しくてね。渡しそびれていた」

差配は、一冊の本を差し出した。むつかしい漢字が並んでいて、与吾蔵にはとても読めない。

「ほら、与吾さんがよく唄ってる、地口尻取り。あれの種本だよ」

え、と思わず本を開いた。やはり読むには難儀な代物で、恨めし気に差配を仰ぐ。

「あすかやまの後は、こう続くんだ。かやま町には薬師さま　しさまのかち路はりまがた　まかたの名方ふたたびぐわん、てね。幡随院や助六も、その後に出てきたよ」

へええ、と読めない書物をながめる。

「読み仮名をふれば難はなかろうし、先を知りたかろうと思ってな」

この本を誰より欲しているのは、与吾蔵ではない。

目をきらきらさせる、いかにも嬉しそうな子供の笑顔が浮かんだ。

「差配さん、ひとつ、伺いやすが」

ひと息に酒が抜け、かっきりと頭が冴える。本を手にして土間に下りた。

「鳶(とんび)が鷹を生むことだって、ありやすよね？」

「そりゃあ、あるだろうな」

「ありがとうございやす、差配さん。これからちょっと、出掛けてきやす！」

腑(ふ)に落ちぬ風情の差配を残して、長屋をとび出した。

初詣の待ち合わせ場所は、いつもの石段だった。

まだ跡のついていない、まっさらな雪に足を踏み出す。

はじめましょ――。

ゆかの声が、朗らかに耳にこだました。

冬虫夏草

心町（うらまち）には、一本だけ桜の木がある。

剪定（せんてい）する者がいないためか、四方八方に無闇に枝ばかりが広がって、肝心の花はおざなりにしか咲かない。それでも住人たちにとっては、春の盛りを告げる木だ。

人々は待ち焦がれ、どこそこに花見に行こうと相談する者もいる。浮かれた話が耳に届くたびに、吉（きち）の胸に暗雲めいた物思いが垂れ込める。これは不安だと、吉は気づいていた。

春の兆しは、変化をはらんでいる。その移ろいようが、怖くてならない。ひと息に咲いて散る桜は、あからさまにそれを突きつける。

木の下を通るたびに、懸命に咲こうとする蕾（つぼみ）を無視し続けていたが、その日、妙なものが目の端に留まった。

重なり合った枝の陰に、ぽつりと白い鳥の糞のような点が見える。

最初は蕾かと思えたが、わずかに色が違う。薄桃色ではなく、青白いのだ。

目を凝らし、正体を知ったとき、思わず身震いした。

花ではない。蛹（さなぎ）から頭を出した、蛾だった。殻を破るのが早すぎたのか、どうやらその姿のまま死んでいるようだ。気味が悪いのに、目が離せない。独り言が口をついた。

「冬虫夏草（とうちゅうかそう）とは、こういうものかしら」

父や夫から、きいたことがある。蛾の幼虫に寄生する茸で、漢方の薬とされるものだ。冬のあいだ虫は生きているが、菌に殺されて夏には草と化す。非常に珍しく、とびきり高価であるために、父や夫も目にしたことはないという。

羽化を遂げることなく死んだ蛾の姿が、その名を思い起こさせた。

これは、私だ——。

吉はそっと、中途半端な虫の死骸に手を伸ばした。

「母さん、何べん言ったらわかるんだ！　こんな安酒じゃ、ちっとも酔えやしない。あたしが呑みたいのは、水のように澄んだ下り酒なんだ」

長屋の内からその声が響いてくると、井戸端に集まっていた女房たちが、露骨に顔をしかめた。こんな貧乏長屋で清酒を所望し、朝っぱらから呑み始める。何もかもが頓珍漢(とんちんかん)で、またか、と誰もがうんざり顔を交わす。

朝からお酒ではからだに悪いと、抑えた女の声がなだめているが、男の声はいっそういきり立つ。

「飯を食えというなら、もっと気の利いた菜はないのかい。ヒジキや豆腐ばかりじゃ、ちっとも力がつかないよ。たまに魚を拝める日でも、せいぜいが鰺(あじ)や鰯(いわし)。たまにはふっくらとした白身を食べさせてくれたって、罰は当たらないだろう！」

「白身だってさ、ふざけたことを」

「ここに住んでる者には無縁の代物だと、子供だって知っているのにねえ」

「大きな子供くらい、厄介なものはないねえ。お吉さんも気の毒に」

洗濯をしながら、三人の女房があからさまな揶揄（やゆ）を打ち合う。年がら年中、朝から晩まで、文句が絶えることはなく、近所の者もいい加減、腹に据えかねていた。

「あの息子は、この正月で三十一になったそうだよ。中身は五つの子供と同じじゃないか」

「親の顔が見てみたい、と愚痴るところだがね、お吉さんはよくやっているよ。ちょいと甘やかし過ぎだとは思うがね」

「いくらからだが利かないからって、親をあんなふうにこき使うなんて。傍で見ていてもやりきれないよ」

吉の息子、富士之助（ふじのすけ）は、昔、大怪我を負ったとかで、歩くことはおろか立つことさえできない。厠（かわや）すら行けず家の中に籠もりっきりで、その鬱憤（うっぷん）をひたすら酒で紛らしている。声が大きくなるのは酔っぱらいの常であり、ぶちまけられた憤懣（ふんまん）は長屋中に響いてくる。

そのすべてが母への文句であり、罵倒（ばとう）であった。近所の者たちにとっては聞きづらくて仕方がない。

五年前に親子が越してきた当初は、息子を諭そうと試みた者もいたのだが、まったく甲斐がなかった。野生の獣さながらに敵意を剝き出しにして、結局、その牙は母の吉に向けられることになる。半年ほどで悟ってからは、誰も相手にしなくなった。しかし堪えがたい騒音であることは変わりない。

近所迷惑だから、出ていってもらいたい。それが本音だが、面と向かっては口にできない。吉の振舞いが、あまりに見事であるからだ。

佇まいや言葉遣いからは、育ちの良さが窺える。そんな母親が、愚痴ひとつこぼすことなく甲斐々々しく息子の世話をする姿には、同情と興味がない交ぜになって注がれる。

「日本橋の大店の、おかみさんだったそうだよ」

「大奥で花嫁修業をしたそうじゃないか。あのきれいな字を見れば、うなずけるねえ」

「火事でみいんな失くしちまったんだろ、気の毒にねえ」

吉が自らの来し方を、語ったことはない。酔うたびに昔の栄華に浸り、自らの不幸をかこつ息子のぼやきを耳に入れたに過ぎず、噂には多分に尾鰭もついていたが、町内ではまことしやかにささやかれていた。

親子の暮らしは、手紙の代筆を請け負いながら、吉が支えている。この町の住人が支払える額は高が知れていて、たいした稼ぎにはならないのだが、吉はわずかな銭を有難そうに押しいただく。そんな姿にも、不憫が募る。

「母さん、そんなにこすったら痛いじゃないか！　もっとていねいにやっておくれよ。おまけに湯がぬるいよ。これじゃあ、風邪をひいちまう！」

女房たちの洗濯が一段落した頃、また耳障りな声がきこえてきた。文句の中身から、風呂に行けぬ息子のからだを、拭ってやっているようだ。

夏はほぼ毎日、いま時分でも三日に一度は、吉は自分より大きな息子に清拭(せいしき)を施す。盛夏なら水で済むが、それ以外は毎度、湯を沸かさねばならない。富士之助はそれをあたりまえだと思っていて、礼のひとつも口にせず、ただ不平ばかりを母に投げつける。

「おお、いやだ。また、あのどぶ川から、においが流れてきてるじゃないか。水がぬるむ頃になると、ただよってくるんだよ。母さんは気づかないのかい？　どうせ夏になれば、ぼうふらの住処となって蚊が湧きだすんだ。とっとと埋めちまえばいいのにさ」

夏は暑い、冬は寒い。雨漏りが煩(わずら)わしい、晴れれば埃(ほこり)っぽい、曇れば鬱陶しい。天気にまでいちいち文句をつけるのだが、長屋の者たちが我慢ならないのは、毎日、自分たちが堪えているささやかな不満を、あからさまに騒ぎ立てることだ。

高台に囲まれた窪地は、風が通らず年中どんよりしている。暮らしはつましく、費やす楽しみには縁遠い。まわりの誰もが同じありさまなのは慰めでもあり、惨めな自身を映し出す鏡にもなる。たまにぼやくことはあっても、冗談の範疇(はんちゅう)だ。

ちょうど、殻に包まれた卵に似ている。殻に覆われているうちは、中身が新鮮か腐っているのか見分けがつかない。富士之助はそれを、ひとつひとつ投げつけて、饐(す)えた臭いを放つ中身をぶちまけるのだ。

五年前と、まったく変わらない。富士之助だけは五年経っても心町に馴染もうとせず、未だに大店の若旦那のつもりでいる。それが近所の者たちを苛々(いらいら)させる。

「そんなに嫌なら、さっさと出ていってほしいもんだね」

「お吉さんがいなけりゃ、簀巻きにして川に放り込んでやりたいところだよ」

「あれにくらべれば、うちのぼんくら息子の方がよっぽどましに思えてくるねえ」

やれやれと呟きながら、女房たちが盥の水をどぶ板の隙間から流す。この水もまた、富士之助がどぶ川と称する心川へと流れていく。

洗濯物を入れた盥を抱え、どっこらしょと腰を上げたとき、物売りらしき男が長屋の陰から姿を見せた。

「おや、見ない顔だね」

「へい、ここいらは初めてで。あっしは越中富山の薬売りです」

旅姿の男は、角ばった風呂敷包みを背中に負っている。かぶっていた菅笠をとり、ていねいに腰を折る。

「薬なんてごたいそうな物、あたしらには無縁だよ。ここいらのボロ長屋を見りゃあ、わかるだろ」

「いいえいいえ、そういうお方こそ、あっしらにとっては大事なお客さまで。先用後利が、富山の薬売りの理ですから」

「何だい、そりゃ？」

「そもそも薬ってもんは、ふいに入り用になるものでございましょ？　お金持ちなら偉いお医者も頼めますが、暮らしが窮屈ではそれもままならない」

「たしかにね、腕のあやしげな鍼医者くらいしか、ここいらでは見かけないね」

男の口舌に乗せられて、女房たちが大きくうなずく。

「この先、暖かくなってきますと、どうしても食中り(あたり)や水中りが多くなる。皆さま、反魂丹(はんごんたん)の名をお耳にしたことはございませんか？」

「ああ、知ってるよ。腹痛には滅法効くって噂の薬だろ？」

「さようです。富山が誇る、癪(しゃく)のための妙薬です。胸や腹の激しいさしこみが立ちどころに治まると、多くの方々にご贔屓(ひいき)を賜(たまわ)っております。ぜひ、こちらの皆さまにもお試しいただきたく」

「だからさ、ない袖は振れぬというだろ？　明日の米の心配をしてるのに、薬なんてとてもとても」

そのための先用後利なのだと、男が身を乗り出す。

「薬はこちらに置いていきますから、入り用な折に使っていただいて、お代は後から使った分だけ納めていただく。つまりは先に用いて利は後から。元禄から続く富山薬の慣(なら)わしです」

貧乏人こそ、病になれば薬に頼らざるを得ないが、心町は江戸の内だけに、十分にましな方だ。田舎に行けばさらに貧窮(ひんきゅう)した寒村が山ほどある。そういう村々をまわって、置き薬の商いをしていると、男は熱心に説いた。

「そう言われてもねえ……使ったら、薬代がかかるんだろ？　あたしらに払えるかねえ」

女房たちは渋い顔をつき合わせていたが、ひとりが思い出したように口にした。

「いっそ差配(さはい)さんのところに、置いてもらっちゃどうだい？　あの人なら阿漕(あこぎ)は働かないだろうし、薬代も立て替えてくれそうに思うがね」

「ああ、そりゃいいね。払いは待ってくれようし、あたしらも少しずつ返していけるよ」

「薬屋さんにとっても悪かないだろ？　あたしらも口添えしてあげるからさ」

願ってもないことだと、薬売りも喜んで承知する。物干しを手早く済ませ、差配の家へ向おうとしたが、その折に桶を抱えて吉が出てきた。

「おや、お吉さん、こんにちは」

「こんにちは、皆さん。洗濯ですか、ご精が出ますね」

愛想よく女房たちとやりとりする姿を、薬売りの男は穴が開くほど凝視している。

「……『高鶴屋（たかつるや）』の、おかみさんじゃございませんか？」

吉がはっとして、男をふり向く。その手から、桶がすべり落ちた。

「やっぱり、おかみさん！　いや、お懐かしい……覚えておられますか？　富山の津賀七（つがしち）です。江戸に来るたびに高鶴屋に泊めていただいて、おかみさんにはたいそうお世話になりました」

男の嬉しそうな述懐は続いていたが、吉はころがった桶と濡れた足許を見ていた。

記憶が否応なくさかのぼる。吉の不幸は、息子の怪我でも落ちぶれた身の上でもない。

ちょうど十年前、あれもやはり、桜が満開の春たけなわの頃だった。

このときから吉にとって春は、騒がしく煩わしい季節になった。


ぜひとも、嫁にしたい娘がいる——。

頬を紅潮させて、富士之助がせがんだときから嫌な予感がした。

日本橋の若旦那仲間と、隅田堤に花見に繰り出し、その晩のことだった。

「藪から棒に何だ、富士之助」

その頃はまだ壮健だった夫は、まず顔をしかめた。

日本橋の本町は、薬町として知られていた。初代家康が江戸に移り、最初に開いた町屋が本町だと伝えられる。当時は、商人や職人は生業別に住まうよう計らわれた。瀬戸物町や呉服町などの町名は、その名残である。そして薬種商には、本町三丁目が割り振られ、江戸の町が広がり続けたいまとなっても、本町にはことさら薬種問屋が多かった。

高鶴屋は三代続いた薬種問屋で、本町四丁目に暖簾をあげていた。周辺の薬種商の中では新参に入るが間口は広く、富山の薬売りであった初代以降、豊富な薬種の知識と手堅い商いぶりで、贔屓を大勢抱えていた。

吉の夫、三代目寿兵衛は、医者に負けぬほどに薬種の知識に長け、商人というより学者肌の主人であった。商売は番頭に任せ、自身は本草や漢方の学問にことさら熱心だった。医者や薬商人からは信頼が厚く、店の繁昌を縁の下から支えていた。

吉は二十一歳でこの家に嫁いだ。吉の実家は麻布の宮下町で、父は町医者だった。婚期が遅れたのは、長女である吉が実家で重宝されていたからだ。町医者といっても構えは大きく、患者が途切れることはなかった。診療は父と弟子たちの領分だったが、吉は母を助けて、薬種の注文から、弟子を含めた大所帯の賄いまで担っていた。

さすがにそろそろ嫁に出すべきだと、おそらくは母がせっついたのだろう。父は親しい間柄にあった、高鶴屋寿兵衛に白羽の矢を立てた。

寿兵衛は学問一辺倒で、長崎に遊学などもしていたために、三十半ばまで独り身だった。寿兵衛もまた母や番頭から催促されていたらしく、縁談はまとまった。嫁ぐまで寿兵衛の顔すら知らなかったが、父を通して人柄は承知しており、商家といっても医家と大差のない家風だときかされていた。さほどの不安はなく、十五歳年上の寿兵衛は落ち着いていて人柄も温厚だった。舅（しゅうと）はすでに他界しており、高鶴屋の若内儀（わかおかみ）としての立場にも、すぐに馴染んだ。嫁いで二年後には、長男の富士之助を授かった。

高鶴屋での吉の暮らしは、順風満帆と言えるだろう。

障りがあるとすればひとつだけ、姑（しゅうとめ）の存在だった。

寿兵衛の世話を焼きたがり、身仕度から食事の給仕まで、決して嫁に任せようとしない。寿兵衛もまた、それをあたりまえだと思っているようで、吉の不満を笑っていなす。

「いいじゃないか。おまえは乳飲み子を抱えているのだし、あたしの面倒は母さんに任せた方が楽ができるだろう」

三十半ばまでずっと、母親の世話を受けてきたのだ。吉が入り込む隙間などどこにもない。妻としての役目が果たせぬ物足りなさを、吉は母として存分に息子に注いだ。

富士之助は決して丈夫ではなく、冬になれば風邪を引き、夏には腹を壊す。それでも薬種問屋だけに薬や医者には恵まれて、大事には至らなかった。吉もあたりまえのように息子の枕元に張りつき、手厚く看病した。ふたり目の子は授からなかったが、たったひとりの息子を大事に育てよと天が采配してくれた僥倖に思えた。

十二、三に至ると富士之助も丈夫になって、ちょうどその頃に姑が亡くなった。卒中で寝つくこともなく往生してくれたのは、嫁に示した唯一の思いやりだった。

しかし姑の代わりに、夫の面倒が降りかかってきたことには辟易した。吉にとってはいまさらだ。勝手が違うと文句をこぼされても、詫びる気にすらならない。寿兵衛もすでに五十の坂を越して、からだのあちこちに衰えを感じていたようだ。しかし何よりも不機嫌の種になったのは、跡継ぎたる富士之助である。

三代にわたって脈々と続いていた学問好きの血を、富士之助は受け継いでいなかった。からだが弱く手習いも休みがちであったが、それ以上に学問そのものにまったく興味を示さない。十四で手習所を終えてからは、寿兵衛や番頭が仕込みにかかったが、覚えはすこぶる悪く、さらに周囲を悩ませたのは堪え性のなさだった。

一時もせぬうちに、厠に行くと言って店を抜け出して、遊びに行ってしまう。

「おまえが甘やかすからいけないのだ。いいか、これからは無闇に小遣い銭など与えぬように。これ以上、遊びばかり達者になっては、先が思いやられる」

くどくどと夫に説教されると、かえって息子への不憫が募った。

金など渡さずとも、結果は同じだった。同年代のどら息子仲間は多くいて、つるんでは色街や盛り場に出掛けていく。後で店から掛け取りが来て、びっくりするような額を請求されるのだが、高鶴屋ほどの構えの店が支払わぬわけにもいかない。

「四代目があの調子では、高鶴屋も三代で終いかねえ」

「いっそ親類から養子をとった方が……たしか同じ年頃で、出来のいい坊ちゃんもいるそうだし」

番頭や手代が交わす、そんなひそひそ話も耳に入ったが、吉は気にしていなかった。若い時分の遊び癖はよく聞く話であり、もう少し歳がいけば自ずと落ち着こう。何より吉にとっては、その頃がいちばん幸せだった。

丈夫ではなかった我が子が、こんなに元気になって毎日を達者に暮らしている。それだけで、吉は満足だった。父親や店の者たちを疎んじる反面、母の吉を慕い、頼りにもしてくれる。この上ない喜びで、周囲の辛気臭い心配など聞き流していた。

「大丈夫ですよ、そのうち嫁を迎えれば、嫌でも腰が定まりましょう」

息子への苦言を夫が口にするたびに、吉は鷹揚にそう返した。

嫁取りがどんな結果を招くのか、迂闊にも吉は気づいていなかった。

富士之助が嫁にと望んだのは、江季という娘だった。

日本橋通二丁目の表通りに店を構える油問屋、『山崎屋』の次女で、歳は富士之助の四つ下、まだ十六だった。

毎年十一月には、芝居の顔見せ興行が催される。富士之助は遊び仲間と繰り出し、となりの升席に、姉夫婦とともに観劇していた十五の江季がいた。相手も箱入娘だが、江季の姉が富士之助の優しげな姿や性質を気に入り、また妹にも乞われて、ふたりの仲をとりもったようだ。祭礼や梅見にかこつけてしばしば会い、ほんの四月ほどのつき合いだが、富士之助はすっかり江季に参っていた。

そして、仲間と隅田堤に花見に出かけたその日、富士之助は興奮気味に、両親に娘の存在を明かした。花見には、江季やその姉も一緒であったという。

「あたしと一生を共にするのは、お江季しかいやしません。今日、桜の下でお江季もあたしと同じ気持ちだと、打ち明けてくれました」

寿兵衛や吉にとっては、まるでままごとに等しく、それこそ芝居じみている。

縁談とは、親と周囲の大人たちが決めるものだ。当人同士の惚れた腫れたでくっつくのは、裏長屋住まいの者たちに限られ、良家ではむしろはしたないとみなされる。高鶴屋ほどの商家なら、両親や親類がじっくりと吟味して、仲人を立て手順を踏んで、然るべき家から嫁を迎えねばならない。

けれど富士之助は、親の見当よりよほど早く、二十歳で嫁を選んでしまった。

寿兵衛はもちろん、吉も大いに戸惑った。嫁とは決して、主人の伴侶に留まらない。高鶴屋の内儀として、奥の差配をこなす立場にあり、十六ではあまりに頼りない。

寿兵衛が渋々ながら腰を上げたのは、山崎屋の身代が高鶴屋以上に大きかったこともある。油問屋に留まらず、醤油酢問屋と味噌問屋も営み、通町(とおりちょう)の表通りに、三軒並んで山崎屋の看板が掲げられていた。

「店を広げたのは、当代になってからだ。遣手(やりて)ときくが、薬種屋とはかえって家風が合わないようにも思うのだが……」

寿兵衛はむしろ気乗りしないようすであったが、紛れもない良縁だと、強く勧める親類は少なくなかった。そして何よりも、当の富士之助がことさらに熱心だった。

「お願いします、お父さん。これまでは粗忽(そこつ)な真似をして、心配ばかりかけてしまった。あたしもようやく目が覚めました。お江季と一緒になったら、心を入れ替えて商いに励みます」

何事にも飽きっぽい富士之助が、このときばかりは父親のもとに日参して頭を下げ続けた。よほど迷っていたのだろう。寿兵衛は一度だけ、妻にたずねた。

「おまえはどう思う？」

「どうって……富士之助があぁまで言うのは初めてですし」

曖昧に返したのは、こたえが出せなかったからだ。息子の口からお江季の名をきかされてから、風に揺れる桜の木のように、吉の中はざわざわと騒々しい。浮ついていて納まりが悪く、揺れるたびに花弁のように心が散り、無残に地面に落ちるようだ。

半月ほど過ぎた頃だろうか。寿兵衛が根負けした形で、あいだに人を立てて山崎屋に申し込んだ。

「いや、娘にも散々せがまれましてな。お宅の息子さまと添い遂げられねば、一生嫁には行かないと、こうですよ。高鶴屋さまからお話をいただかねば、明日にもこちらから足を運ぶつもりでおりました」

山崎屋の主人は大げさなまでに歓迎してくれたが、調子が良過ぎて軽々しいと、帰り道で寿兵衛はこぼした。しかし吉は父親ではなく、その日初めて会った娘に懸念を抱いた。

息子が夢中になっただけに、見目の良い娘だ。愛らしくて行儀もよかったが、たっぷりと着飾った姿を目にしたとき、何故だかぞわりとした。

浮かんだのは、桜の木にたかる毛虫だった。

吉という桜の木が、この娘に食い荒らされる——。それはおそらく、本能だった。

恵まれた容姿と、豊かな家で育った驕り。両者がそろっているだけに、かえって毒々しい。娘の目つきも気に入らなかった。顔を伏せながらも、つぶらな目はきょときょとと定まりが悪く、上目遣いに舅姑となるふたりを値踏みしていた。

「軽々しいのは、娘も同じでしょう。あまりに落ち着きに欠け、品がありません」

「手厳しいな。まだ十六なのだから、そこは仕方なかろう」

吉が抱いた危惧は、夫には伝わっていないようだった。女だけが持つ嗅覚なのかもしれない。

ともあれ、縁談ばかりはとんとん拍子に進んだ。江季が若かったこともあり、相応の仕度も要る。一年後、春の盛りに祝言を挙げ、江季は高鶴屋に嫁いだ。

嫁を迎えて早々に、異変が起きた。

「お江季と膳を共にするとは、どういうことです？」

「だから、言ったとおりだよ。身内の間柄なのに、一緒にご飯を食べないなんておかしいじゃないか。山崎屋では、男女の別なく一家そろって膳を囲むそうだよ」

「ここは山崎屋ではありません。高鶴屋のしきたりに添うてもらわないと」

「古いなあ、母さんは。もっと当世風に慣れてくださいよ」

嫁が来たとたん、古道具扱いを受けるのか。かっと頬が火照(ほて)った。

主人の寿兵衛と跡継ぎの富士之助が、吉の給仕でまず飯を済ませ、妻の食事はその後だ。姑がいた頃からのやり方でもあり、吉の実家でも同じだった。父や弟、弟子らに食べさせてから、母や吉の食事時となる。

長年培った習慣を、ほんの数日で変えろというのか。もちろん吉は強硬に反対したが、結局は裏目に出た。若夫婦は、別の座敷で食事を取るようになったのだ。山崎屋から従ってきた女中に給仕をさせて、ふたり仲良く食事を楽しむ。膳の景色も、主人夫婦とはまるで違う。薬種業だけに滋養に重きが置かれ、養生訓を参考にした質素ながらからだに良いとされる菜が並んでいたが、あまりに貧乏くさいと嫁から不満が上がった。仲間たちと料理屋に通い慣れていた富士之助は、一も二もなく同意した。

しかし吉がもっとも応えたのは、息子の身近で世話を焼く楽しみを奪われたことだった。

まだ嫁に来て間もない頃、あのときの江季の表情は、はっきりと覚えている。

「お義母さま、ここで何を……？」

若夫婦の座敷にいた吉に、不快そうな眼差しを向けた。

「何って、見ればわかるでしょう。富士之助のお仕度ですよ。あの子の仕度はいままでどおり、すべて私が整えますからね。そのように申し伝えてあったはずですが」

着物や帯を見繕い、息子を待っていた吉はあたりまえのようにこたえた。

「さようでしたね」と口許に微笑を浮かべたが、目の中の嫌悪は隠しようがない。

吉は内心で、せせら笑った。嫁の立場の弱さは、吉自身が誰よりも知っている。たかが十七の娘ではなおさらだと、高を括っていた。しかし若い嫁は、思いのほかしたたかだった。姑に従順な素振りを見せながら、水面下で狡猾に動いていたのである。

膳の献立ばかりでなく、若夫婦は着るものにも贅を尽くす。反物屋を呼んでは、夫婦そろって毎月のように着物を新調させ、小間物屋に履物屋、半襟屋まで、出入りの商人は何軒も増えた。湯水のような金の使いっぷりで、高鶴屋では賄いきれない。吉が強めにたしなめると、まるで苛められたと言わんばかりに、江季はたちまち涙をこぼす。その後に、決まって実家の父に訴えるのだ。

若夫婦の出費のあれこれに関しては、すべて払いは山崎屋が持つから好きにさせてやってほしい。まだ若い娘の我儘を大目に見てほしいと、いかにもへりくだった調子ながら、内実では婚家を侮るような文を寄越して、吉を立腹させた。

その頃になってようやく、嫁の奸計に察しがついた。

「母さん、その帯じゃないよ。羽織もこれじゃあ、野暮ったいじゃないか。もういいよ、これからはお江季に頼むから」

息子の身のまわりの一切が、嫁の好みに染められて、吉では合わせようが覚束なくなったのだ。実父の財力を存分に使って、江季は吉を夫婦の座敷から追い出しにかかった。

「お義母さま、若旦那さまのお仕度は、あたしがお手伝いいたします。お義母さまは、あちらでどうぞゆっくりなさってくださいまし」

勝ち誇った嫁を前にして、吉は恥ずかしさと怒りで、はらわたが煮えくり返る思いをした。もちろん吉は最後の切り札とばかりに、嫁の傍若無人を夫に向かって切々と訴えたが、寿兵衛はいかにも面倒そうに眉をひそめるだけだった。

「おまえがうるさく構うから、若夫婦にそっぽを向かれたんだろう」

「ですが、やりようがあまりに横柄で。お江季ときたら、私には面と向かって告げようとせず、すべて富士之助に言わせるのですよ。それで駄目なら実家に泣きついて、あの父親がしゃしゃり出てくるのです」

「家風の違いは、わかっていたことだろう。いちいち細かなことをあげつらうな。それよりも、富士之助だ。いつになったら家業に腰を据えてくれるのだ。夫婦そろって毎日のように家をあけて、遊び歩いているじゃないか」

夫の矛先は、嫁を素通りして息子に向けられる。すべての原因は江季にあるというのに、嫁には決して表立って咎め立てはしない。そのぶん息子への舌鋒は鋭くなる一方で、富士之助はそれを嫌って、以前にもまして店や両親に寄りつかなくなった。

ここに嫁いだときは、女三界（おんなさんがい）に家なしとの訓（おしえ）を強く実感した。この家の中で、嫁だけが赤の他人であり、家風に馴染むことを強いられる。苦労してどうにか馴染み、たったひとりの血縁である息子も授かった。惜しみなく愛（いつく）しみ、足許から少しずつ土台を築き、姑の死とともに安息の地を得ることができたのだ。

それはちょうど、手のかかる桜の木を育てることに似ている。

落葉してから枝を剪定し、開花の前後に肥やしを与える。ようやく満開の花が咲いたのに、いまは毛虫にたかられて見る影もない。ひとつ潰してもまたぞろ湧いてくるのは、江季が面と向かっては姑に口ごたえをしないためだ。

毛虫を想起したのは、間違いではなかった。自分は弱い姿のままで、夫と父親を楯にする。身動きもままならぬ芋虫のふりで、その実は毒をもつ毛で総身を覆っている。

女三界に家なし。この言葉を、ふたたび思い知らされることになるとは——。居心地よく整えた筈の葉叢（はむら）は、すでに穴だらけになっていた。自ずと吉の声も尖（とが）りを増す。

「妻が夫と連れ立って、ふらふらと外で遊び歩くなど、いったいどういう了見ですか。おまえもいずれは高鶴屋の内儀となるのですから、奥のあれこれを覚えてもらわないと。まずは富山から来る薬売りたちのもてなしです」

初代が富山の出身であっただけに、生国（しょうごく）から来た薬売りを高鶴屋では大事にした。座敷のひと間に寝泊まりさせて飯や酒をふるまい、寿兵衛は彼らとの薬談議を楽しみにしていた。内儀の大事な仕事として、吉はまめに世話をして、薬売りたちからも慕われていた。

姑に強いられて、江季もひとまずは手伝い始めたものの、お嬢さま育ちであるだけにまったく使い物にならない。叱責を受けては涙ぐみ、当の薬売りになだめられる始末だ。

翌日には嫁は加減が優れぬと訴えて、代わりに富士之助を母のもとに寄越した。

「たった一日で音をあげるようでは、先が思いやられますね。だいたい何です、あの粗忽ぶりは。お茶すら満足に淹(い)れられないのですよ」

「どうして母さんは、そう意地悪なんだ！　そんなにがみがみ叱っては、お江季が可哀想じゃないか」

いつのまに、息子との距離がこんなにも離れてしまったのか。自分の分身ともいうべき存在が、公然と母を非難する。その理不尽に心が萎(な)えた。

「お江季はまだ十七なんだよ。二十歳を過ぎて嫁に来た母さんとは違うんだ。そのくらいの歳から、おいおい仕込めばいいじゃないか。母さんも父さんもまだまだ達者だし、せめて父さんの跡を継ぐまでは、あたしらの好きにさせてほしいね」

捨て台詞(ぜりふ)を残し、富士之助は座敷を出てゆく。言い分なら、吉の側にも山のようにある。なのに口に出すと、まるで埃のように意味をなさない。ひとつひとつはあまりにも小さく目にも見えないが、吉の中に芥(あくた)として少しずつ確実に積もってゆく。

「おかみさん、大丈夫ですか？」

気づくと、心配そうな顔が覗(のぞ)き込んでいた。いつのまに薬売りたちの部屋に来たのか、それすらはっきりしない。津賀七という吉より四つ五つ下の薬売りは、高鶴屋の常連であり、この十年ほどは毎年欠かさず姿を見せる。気持ちの細やかな男で、姉のように吉を慕ってくれる。

「何か、心配事でも？」

つい愚痴を漏らしそうになったが、内儀としての自負が辛うじて吉を押し留めた。

「いいえ、少しばかり疲れて、ぼうっとしていただけですよ。私も歳ですかねえ。息子に嫁を迎えて、弛（ゆる）みが出たのかもしれませんね」

嫁姑のいざこざは、女中たちの口を通して耳に入っているはずだ。それでも知らぬふりで吉を労（ねぎら）ってくれたのは、津賀七の思いやりであろう。

「実は、江戸に来るのは、今年で最後になりそうです。持ち場が西国に変わりましてね」

「まあ、そうでしたか……津賀七さんは商いぶりが良いだけに、お国許のご主人も目をかけておられるのでしょうね」

「東国とは勝手が違いますから、不安だらけでして」

「津賀七さんなら、きっと大丈夫ですよ。私どもにとっては寂しくなりますが」

「あっしも同じです。高鶴屋（こちら）さまは越中薬売りを、身内のように迎えてくれました。あっしらにとっては、江戸にあるもうひとつの実家（さと）のようでした。心からお礼を申し上げます」

「嫌ですよ、いまさら水くさい。また江戸にお越しの際には、必ず寄ってくださいまし」

思えば津賀七は、つつがなく栄えていた頃の高鶴屋しか記憶になかろう。

このわずか二年後に、高鶴屋の凋落（ちょうらく）がはじまるとは、夢にも思わなかったろう。

けれど吉の足許は、とうに崩れ始めていた。がらがらと瓦礫と化していく音をききながら、ただ内儀としての慣いと仕事に従事したが、血の道が急に熾ったかのように、頭痛やめまいに悩まされた。

唯一の良薬たる富士之助とは、ろくに語らうこともできず、日によっては顔すら拝めない。夫の機嫌もまた悪くなる一方で、ことあるごとに息子を説教し、商いを仕込もうと試みたが、成果はまったく上がらなかった。

「あたしはいつまでも、古いやり方に縛られるつもりはないんだ。こうして出歩くのも、あたしなりに高鶴屋の先々を考えてのこと。父さんのように家の中にしんねりと籠もっているばかりでなく、山崎屋のお義父さんのように、遊びを通して他所さまとのつき合いを深めることも、主人の大事な役目だろう」

口だけは達者になって、平気でそんな屁理屈を言い返す。

妻とは別の心痛の種を抱え、また、年齢も追い打ちをかけたのか。

嫁を迎えて二年後、還暦の前年に、寿兵衛はこの世を去った。

他人の口を通すと、高鶴屋の不幸は、寿兵衛の死からはじまった。

三代目の豊富な薬種の知識が店を支えていただけに、高名な医者や流行りの薬屋ら上得意が、櫛の歯が欠けたように姿を見せなくなった。

さらに店の評判に障ったのは、富士之助の悪評だった。四代目に据えられても、遊び癖はいっこうに治まる気配がない。番頭や手代のおかげで、どうにか商いは続いているものの、主人が店に寄りつかないありさまでは、士気も上がりようがない。

自ずと大内儀（おおおかみ）と呼ばれるようになった吉が、店のあれこれにも関わるようになったが、先代におよぶはずもなく相談役がせいぜいだ。それでも奉公人たちからは頼りにされ、吉もこの頃は、寂しさを紛らすために商い事に打ち込んだ。

胸にあいた大きな穴は、夫の死ではない。むしろ夫を失ったことで、いっそう激しく傾いた息子への思いを、吉は持て余していた。

吉の努力も虚しく、商いは下降の一途を辿ったが、それすら吉にはどうでもよかった。

母の役目を終えた己に、何の価値も見いだせなかった。

しかし一年が過ぎた頃、吉に転機が訪れた。

店の暖簾を下ろし、番頭らとの帳面合わせを終えた頃だった。閉ざされた表戸が激しく叩かれ、外から女の声が急を告げる。

「お義母さま、大変です！　旦那さまが、旦那さまが……」

嫁の江季の訴えに、総身がざわりと冷えた。手代が急いで潜戸（くぐりど）を開け、真っ先に吉がとび出す。

思いのほか冷たい夜気が、肌を舐（な）める。花冷えの宵だった。

「富士之助が、どうしたのです！」

すでに四代目寿兵衛を名乗っていたが、慌てた拍子に幼名が口を衝（つ）いた。

鋭く糺(ただ)すと、嫁はわっと顔を覆って泣き伏した。

「盛り場の往来で、お侍にからまれて……ひどい乱暴狼藉をはたらかれて」

数人の遊び仲間が従っており、中のひとりが血の気を失った顔で駕籠(かご)を指し示す。

新大橋を渡った先にある深川の盛り場で、いつものように酒宴に興じていたが、その日は少々呑み過ぎた。帰りがけに若い武家の一団にぶつかって、詫びを強要されたのだが、あろうことか富士之助は逆に食ってかかった。

金に事欠くだけに武家の遊びはみみっちいと揶揄を重ね、中のひとりが本気でいきり立った。さすがに刀を抜くことはしなかったが、富士之助を何度も殴り、蹴り上げた。ボロ雑巾のように地面に伸びた姿に、ようやく溜飲が下がったのか侍たちは去り、痣(あざ)だらけの富士之助を駕籠でここまで運んできたという。

怪我の経緯など、ろくに頭に入ってこない。記憶はひと息に、昔へとさかのぼる。

ぐったりとした姿が、熱を出して伏せっていた幼い頃の息子に重なる。

手代らが主人を中に運び込み、床をとらせ、すぐに医者が呼ばれた。

派手にやられているが、命には別状ないときかされて、安堵のあまり涙がこぼれた。

妻の江季も夫につき添っていたが、紫色の痣に覆われた顔が恐ろしくてならないようだ。枕辺にすら寄りつこうとせず、ただ泣いてばかりいて何の役にも立たない。

「お江季、おまえは別の座敷で休みなさい。旦那さまは私が看(み)ていますから」

誇らしげに胸を張る姑に気圧(けお)されたように、嫁はうなだれて部屋を出ていく。

その日から吉は、片時も傍を離れず、息子の看病に当たった。数日は熱にうかされたために、額に載せた濡れ手拭いを小まめに替え、痣にはていねいに膏薬を塗り、下の世話さえ厭わなかった。

その甲斐あって、半月もすると痣も薄れてきたが、その頃になると医者の顔が曇ってきた。

「未だに腰から下に力が入らぬとは……もしかすると、このまま立てなくなるやもしれません」

医者が懸念したのは、背中についた大きな打ち身の痕だった。嫁に問い糺したところ、殴られたとき、軒を支えていた柱の角でしたたかに背中を打ち、さらに同じ場所を執拗に蹴り上げられていたという。

「背中や腰を強く打つと、稀に足が利かなくなることがありましてな」

「では、この先、歩くことすらできなくなると……？」

母親に向かい、医者は黙ってうなずいた。

息子の不運に、胸が潰れる思いがする。けれどそこには、身勝手な希望が存在していた。

こうして毎日、富士之助の傍にいられることは至上の喜びだった。寝る間も惜しんで看病し、厠に立つより他は座敷を離れることすらしない。久方ぶりのふたりきりの時間を、心ゆくまで味わっていた。

目の下に隈を拵えた母の姿に、富士之助もめずらしく殊勝な気持ちが湧いたようだ。母に感謝を伝え、素直に世話をされていた。

その態度が一変したのは、ひと月が過ぎて、医者から病状を申し渡されたときだ。

「このまま一生、歩けないっていうことかい……？」

「おそらくは……立つことすら、難しいかと」

「まるで赤ん坊じゃないか……この先どうやって生きていけと？」

「足が利かずとも、薬種問屋は営めます。これを機に精進なされば、きっと……」

「おまえのような藪医者に、何がわかる！　出ていけ！　金輪際、あたしの前に顔を見せるな！」

獣がとり憑いたように喚き立て、医者を追い払った。それからというもの次から次へと医者を替え、診立てを行わせたが、いずれもはかばかしい返事は得られなかった。それにつれて、母への態度もしだいに刺々しくなっていった。

「もう放っておいてくれ！　母さんの心配顔なんて見飽きちまった。それよりお江季を呼んでおくれよ。ここ何日か、さっぱり顔を見せないじゃないか」

「お江季は、実家に帰っていてね……あちらのお母さんの加減が悪いそうで、見舞いにね」

「実家に帰った？　そんなことひと言もきいちゃいないよ。あたしの方こそ、こんなに参っているんだ。女房なら、傍にいてくれないと。だいたい母さんがいけないんだ。お江季に冷たくあたるから、嫌われちまって……」

息子の八つ当たりを受けとめながら、吉は数日前の嫁とのやりとりを思い出していた。

「お江季、おまえを実家に帰そうと思います」

富士之助に快癒の見込みがないことを告げ、吉はそう切り出した。

「事情（わけ）を知れば、山崎屋さんも承知してくれましょう。おまえはまだ若いのですから、婚家に縛りつけるのは忍びない。姑である私の思いやりです」

「夫婦を引き離すのが、思いやりですか……」

江季は二十歳になっていた。まだ子供であった三年前とは違い、大人の落ち着きとふてぶてしさを身につけている。吉は初めて、それを意識した。

「あたしは旦那さまを大事に思っています。その気持ちに嘘はありません」

「ええ、わかっておりますよ」

富士之助が怪我を負った晩、江季は動顛（どうてん）し泣きじゃくっていた。心底、夫を心配する心根が透けていた。だが、そんな安っぽい情など何の価値もない。苦境に立つ我が子には、母の大きな愛こそが必要なのだ。

「ですが、この先一生、旦那さまの世話をすることなど、おまえにできるはずもありません。お実家（さと）のお父さまもお認めにならないでしょう」

江季が唇を噛みしめる。勝ったと思った。三年分溜め込んだ溜飲が下がる思いだ。

「許されるなら、旦那さまを連れてこの家を出たい。夫婦そろって高鶴屋と離縁したい……あたしひとりでは世話をしきれずとも、父に力添えを頼めば済むことです。旦那さまにとっても本意でしょう」

「一年も過ぎればわかりますよ……夫とともに家に縛りつけられるのは、おまえの本意ではないとね」

「お義母さまも、いずれわかります。あなたがいる限り、旦那さまは決して幸せになどなれない」

「小娘が、利いたふうなことを！　とっとと出ておいきなさい！」

思わず気色ばんだ。恨みがましい視線をきつく姑に向けながらも、江季は腰を上げた。

「この仕打ちは忘れません。あたしも、父も……」

脅しめいた捨て台詞は、負け犬の遠吠えにしかきこえなかった。

去り状は本来、夫が書くものだが、未だ体調がはかばかしくないことを理由に、吉は仲人を通してさっさと離縁話を進めてしまった。もちろん己が嫁を追い出したことなど、おくびにも出さない。

当然、息子は荒れに荒れた。妻を罵り、山崎屋の横暴に憤り、何よりも己の不遇を呪った。そのすべてを母に向かってひたすら投げつけた。

息子の八つ当たりすら、吉は手応えに近いものを覚えていた。虫の抜け殻のように空虚であった頃にくらべれば、痛いほどの感情をぶつけられる方がずっとましだった。

このとき吉は、はっきりと悟った。富士之助は成虫となる生身であり、吉はそれを包む薄っぺらな殻に過ぎないのだと。役目を終えれば後は崩れるしかなかったが、息子は殻を出ることなく吉の中に留まってくれた。

ちょうど蛹のまま羽化が叶わなかった蛾のように――。

「わざわざ呼び立ててすまないね。息子さんの耳に入れるべきか、ちょいと迷ってね。先にお吉さんの気持ちを、確かめておこうと思ってね」

差配の茂十は、吉を自宅に迎え入れ、用向きを切り出した。

「この前来た、薬売りの津賀七さんからきいたよ。ずいぶん苦労をしたんだね。息子の災難の後、火事に遭ったんだって？　その後、行方がわからなかったと、あんたたち親子を心配しなすっていた」

息子夫婦の離縁が成った翌年の春、二町先から火が出た。息子を奉公人に担がせて、着の身着のまま逃げ出すのがやっとで、高鶴屋は灰になった。火事がなくとも、結果は同じだったろう。すでに店は金繰りに詰まっていて、手放さざるを得ないところまで追い込まれていたからだ。

ただ火事の後、山崎屋の主人がしゃしゃり出てきたことだけは、ひどく腹が立った。

「娘との縁は切れても、困ったときはお互いさまだ。精一杯のことをさせていただきますよ。実はね、同じ並びの店をもう一軒買ったんだ。今度は薬種問屋を始めてみようと思ってね」

高鶴屋の奉公人なら申し分ない。番頭や手代はもちろん、小僧に至るまでまとめて面倒を見るからと恩着せがましく申し出た。何のことはない、乗っ取りに等しいやり方だが、厚顔無恥な主人の背後に、江季の影が垣間見えた。

「もちろん、おふたりの面倒も見させていただきますよ。四代目は山崎屋でお迎えして、大内儀には隠居家を仕度させましょう。いかがです？」

最後に姑を睨んだ、江季の視線をはっきりと感じた。

「いえ、それにはおよびません。私ども親子のことは、どうぞお構いなく」

親子のところに力を込めて、吉はきっぱりとはねつけた。

さようですか、と案外あっさりと引き下がったのは、山崎屋の主人にはさして旨みのある話ではなかったためだろう。見舞金として三十両ばかりが渡されて、吉と富士之助は世間に放り出された。

そこから先は、親戚を頼って転々としたが、どこに行っても息子の傍若無人なさまを疎まれて、半年もせずに追い出された。見舞金は粗方、富士之助の呑み代に消えて、心町に来たときにはほとんど無一文の有様だった。

「先代や大内儀にはたいそう世話になったと、津賀七さんは有難そうにしていたよ。定宿というよりも、江戸にある実家のようだったと懐かしんでいた」

往年の高鶴屋しか知らないだけに、津賀七にとってはいまの暮らしがさぞ落ちぶれて見えることだろう。雲泥ともいうべき吉の姿が、見るに堪えないのだ。恩返しのためにも、何か手助けできまいかと、津賀七は差配に向かって熱心に申し出たという。

「津賀七さんが出入りしている薬種問屋や医家には、高鶴屋の先代と親しかった者が何人もいるそうだ。いまの難儀を伝えれば、あんたたち親子を世話してくれる者もいるかもしれない。お吉さんさえよければ、話をもちかけてみると津賀七さんが言ってくれてね」

「有難いお申し出ですが、お気持ちだけ……私どもには構わないでくださいまし」

「だがね、お吉さん。せっかくの親切を無下にすることはない。あんたの気性や自負はわかっているつもりだが……」

「いいえ、私はただ、いまの暮らしが気に入っているのです。この暮らしを、手放すつもりはありません」

茂十が息を詰め、吉を凝視する。

嘘でも見栄でもない。吉の目は、幸せそうに微笑んでいた。

「息子のため、富士之助のためなら、苦労とは思いません。それが母親というものです」

そこにいるのは、息子の我儘にふり回される哀れな母ではなかった。憑かれたように我が子に執着（しゅうじゃく）し、獰猛（どうもう）なまでに情という刃をかざす姿があった。

「だが、お吉さん……親は最後まで、子供の面倒は見てやれない。あんたが先立てば、息子はどうなる？　子はいつか一人立ちをする。その力をつけてやるのが、親の務めじゃないのかね。あんたのやっていることは、まるで……」

飼い殺しだ、との言葉を辛うじて飲み込む。茂十の訴えは、毛ほども吉には応えていない。まるで薄い殻を被っているようだと、茂十には思えた。

「お互いに、よけいな節介はやめにいたしませんか？　差配さんにも、触れられたくない昔がおありでしょう？」

吉は意味ありげな視線を、茂十に向けた。

「日本橋にいた頃、あなたさまをお見かけしたことがありましてね……ねえ、旦那」

石を呑んだように、茂十が黙り込む。その隙に、吉は暇を告げて腰を上げた。

障子戸の閉まる音がきこえてから、茂十はようやく肩の力を抜いた。脇の下には、らしくない冷汗をかいていた。

薬売りから親子の来し方をきいていたとき、津賀七が、ふと気づいたように口にした。

「ひとつだけ、妙なことがありまして」

「妙とは、何がだい？」

「あっしが高鶴屋に出入りしていたのは、十年ほど前まででして。そこから五年ほどは、持ち場が西国に変わりましてね、江戸には出てはおりません」

三代目の死も、四代目の怪我も、それより後のことだ。なのに最後に会った頃の吉は、目も当てられないほどに気落ちして、ひどく老け込んで見えたという。いま思い返すと、息子に嫁を迎えた頃からだんだん元気がなくなってきたと、津賀七は語った。

「その当時からしてみると、いまの方がよほど達者でお若く見えます。母は強しとは、よく言ったものですね」

津賀七の人の好さそうな顔を思い浮かべながら、茂十は呟いた。

「母は強しか……怖いね、女親というものは」

煙管をとり上げて、一服つける。白い煙を、ため息とともに吐いた。

「子供のためと口にする親ほど、存外、子供のことなぞ考えてないのかもしれないいな」

差配の家から帰りしな、吉は桜の木を確かめてみた。

冬虫夏草を思わせた蛹は、同じ場所にあり、吉を大いに安堵させた。

蛾の白い頭はすでに干涸(ひから)びて、殻と同じ色に茶色くくすんでいた。

明けぬ里

人の一生とは、生まれ落ちたその時から決まっているのだ。

ようは強くそう思った。

学などないから、小難しいことを考えたわけではない。ただ漠然と感じただけだ。

貧乏な家、ぱっとしない顔立ち、並外れた気性の強さ。

どれもが足枷（あしかせ）となって、ようの足首に重くまとわりつく。

運のある者は、枷の代わりに羽をもつ。だからこそ、空高く舞い上がることができるのだ。

人はそれを、天運と呼ぶ。

おそらくこの町には、そんな運をもつ者はひとりもいない。

盛夏の日差しをため込んで、夜になってもうだるように蒸す川岸にしゃがみ込んで、ぼんやりと思った。

長屋の内からは、亭主の大いびきがここまで響いてくる。

ようはそっと、己の腹に手を当てた。


「けっ、あのタコ親父め。まあた、おれのせいにしやあがって。トンチキが！」

一緒になって二年が経つが、亭主の桐八は、飽きもせず毎日、同じ文句をくり返す。

桐八は瓦笥職人で、素焼きの器や玩具を作っているが、さほどの腕はなく要領も悪い。禿げ頭の親方に怒鳴られどおしで、その鬱憤を博奕で晴らす。大勝ちするのは月に一度がせいぜいで、さらにむかっ腹を倍加させることになるのだが、桐八はやめられない。

根は気の弱い男なのだ。瓦笥の作業場では何も言えず、へこへこしながら追い回されて、帰る頃には口を利く気力もない。せめて女房の前で見栄を張るために、賭場で景気をつけようとする。たとえ結果は散々でも、男くさい賭場の空気が、なけなしのから元気を与える。気の強い女房と渡り合うための、桐八の処世術かもしれない。

もちろんようは、黙っちゃいない。

「この穀潰しが！　あたしが稼いだ金まで、みいんなすっちまって。明日っから、どう暮らしていけばいいんだよ」

「またてめえが、稼ぎにいけばいいじゃねえか。男に媚売って、だらしなくまとわりついて、てめえの十八番だろうが」

「あたしだって、酔客の相手なんてこりごりなんだ。みいんなてめえの博奕癖のせいじゃないか、このクソ亭主！」

「何言ってやがる、それしか能がねえくせに。どうせあの店の二階でも、客をとっていやがるくせに。なにせ元が、根津遊郭の売女だからな」

その言葉は、未だにようの胸を深くえぐる。そして傷つけられるとなおいっそう、いきり立つのがようの性分だ。噛みつくように亭主に詰め寄った。

「あんただって客だったくせに、頓珍漢なことを抜かすんじゃないよ。せっせとあたしのところに通ってきたのは、どこのどいつだい！」

「てやんでえ！　てめえなんぞにうつつを抜かすものか。金がねえから仕方なくよ。おれが拝みに行ったのは……」

　その名をききたくなかった。とっさに手が届いた素焼きの茶碗を投げつける。いたって脆い器は亭主の耳を掠めて、背中の板壁に当たり砕け散る。

「なにしやがんだ！　亭主を殺す気か！」

「死んでその悪癖が治るってんなら、喜んでやってやるよ！」

　夫婦の諍いはいつものことだ。この辺になると騒音にたまりかね、となり近所の者が止めに入る。

「そろそろお開きにしてくれねえか。うちにはガキが三人もいるんだ。末の子が泣き出しちまったじゃねえか」

「喧嘩するほど仲がいいっていうけど、あんたらも飽きないねえ」

　苦情やらぼやきやらを吐きながら、ひとまずの仲裁役を買って出る。

「子供でもいりゃあ、少しは落ち着くのかもしれないね。きゃんきゃんと吠え合う暇があるなら、子作りにでも精を出しな」

　何気ない捨て台詞が、ようにはひどく重かった。

日は陰っているのに、ひときわ蒸す午後だった。

吉祥寺門前町にある『よいや』までは、たいした距離ではない。海蔵寺横丁と四軒寺丁を抜けて、岩槻道を北へだらだら行くと吉祥寺がある。

なのにその日に限って難儀でならず、ことに坂道が辛かった。もう少しで吉祥寺にかかる手前、南谷寺の前で、ついにようはしゃがみ込んだ。蒸し暑くてならないのに、額に浮かぶ汗は妙に冷たい。立木にすがるようにして、せめて倒れぬようにとからだを支えた。

「もし、お加減が優れぬのですか？」

背中から女の声がかけられたが、応えることもできない。血が足許に下がっていくようで、肩で息をする。連れがいるのかやりとりする声が遠くにきこえるが、耳鳴りがひどくて伝わらない。

ふいにひやりとしたものが、首裏に当てられた。あまりの気持ちよさに、ほうっと息をつく。冷たい水で湿らせた、濡れ手拭いのようだ。

「大丈夫ですか？　今日は蒸しますから、暑さ負けかもしれませんね」

さっきと同じやさしい声が言って、うつむいたままの首筋や額を、冷たい手拭いで拭ってくれる。心地よい風が吹いたようで、遠のいていた意識が戻ってきた。

「ご親切……痛み入ります」

顔を上げると、見目麗しい女の顔があった。あ、と相手の口が、丸く開いた。

ようもまた、この美しい顔には覚えがある。相手が先に、昔の名を呼んだ。

「葛葉ちゃん？　まあ、本当に葛葉ちゃんなの？」

「明里姐さん……」

懐かしさよりも、戸惑いが先に立った。できれば、二度と会いたくなぞなかった。こんな具合でなければ、道ですれ違っても知らぬふりで素通りしていたろう。

いちばん間の悪いときに、最悪の相手に鉢合わせした。己の運のなさを、呪うしかない。

けれども向こうは、思いがけないめぐり合わせを、ひどく喜んでいる。

そうだった――。この人は昔から、そういう人だ。悪所と呼ばれる遊郭にいても、心まで汚れることはなかった。

遊郭一と謳われた美貌以上に、どんなにかそれが妬ましかったか――。

「葛葉ちゃん、ひとまずどこかで休みましょ。門前町なら、貸座敷があるはずだから……」

この人に昔の名で呼ばれると、あの頃に引きずり戻されるような心地がする。すり鉢状の蟻地獄の穴に、ずるずると落ちていくような錯覚に陥る。

その名で呼ぶなと文句をつけたいが、うなずくのがやっとだった。

「もう少し、我慢してね……おふな、座敷をひと間とってきておくれ。構えの小さな、小ぎれいな料理屋がいいわ」

傍らにいた中年女に言いつけたが、顎まわりの肉同様に女中の態度はふてぶてしい。

「根津にいた頃のお仲間ですか？　関わらない方がよござんすよ。この陳腐で派手ななりときたら……昔と同じ商売をしているに違いありませんよ」

酌婦としての仕事着だけに、そしられるのも道理だが、あまりにも感じが悪い。ようへの悪態というよりも、明里へのあてこすりにきこえた。

いつもなら噛みつくところだが、いまはその元気もない。

「おふな、お願い」

少し強めに命じると、ふくれっつらをしながらも女中は従った。

「ごめんなさいね、おふなはちょっと機嫌が悪くて……」

明里の言い訳は耳に残らず、ようはまた目を閉じた。


根津権現と根津の岡場所は、まるで姉妹のような間柄だと誰かが言った。しかも恐れ多くも、先に産声をあげたのは岡場所の方だ。

徳川家の六代さまが次の上さまに決まった頃、その産土神を祀るために根津権現の社殿の造営が始まった。ひときわ大きな作事であり、大工や左官、鳶職などが大勢集められ、彼らのための居酒屋ができ、女も置くようになった。つまりは根津権現ができるより前に岡場所が存在し、権現建立の二年後には、吉原から睨まれて取締りを受けるほどであったというから、よほど繁昌していたのだろう。

吉原さながらに大門や総門を構え、茶屋や妓楼がずらりと建ち並び、見返り柳や楓番所もある。

それでいて、ほどよい値で気楽に遊べる。江戸の数ある岡場所のうち、下品の位置に据えられながらも、昨今では吉原以上の人気を誇る。

かつて、その頂きにいたのが明里である。

明里は十になる前から、禿として『三囲屋』に抱えられたときく。

吉原ならまだしも、岡場所ごときで禿から始めるのはむしろめずらしい。

三囲屋は、根津門前町の表通りに面してはいたが、『大黒屋』や『中田屋』などの大見世には到底敵わず、妓楼としての格は並みといったところか。それが明里のおかげで、一気にのし上がった。楼主も内儀も、まるで権現から神が下りてでもきたように大事にし、当の明里も、その期待に十二分に応え得るだけの美貌と才をもっていた。

禿は、読み書きはもちろん茶道や和歌に至るまでみっちりと仕込まれるだけに、十代で途中から入った者とは教養が違う。明里は書の美しさが評判で、音曲の素養もあった。

ようが十五で三囲屋に売られたとき、明里はすでに振袖新造になっていた。禿の時期を経た者だけが振袖新造の地位を与えられ、新造のうちは客をとらない。

その対にいるのが、留袖新造だ。ようみたいに十三、四過ぎに来た者は、留袖新造として入って早々に客の相手をさせられた。

廓の内には、世間以上にはっきりと身分による線引きがなされている。初っ端から、これほど待遇が違うのは不公平だ。最初のうちは、我慢がならなかった。

「明里さんの方があたしらよりも年嵩なのに、なんだって客をとらなくていいんだい！　そんなの、おかしいじゃないか」

「なに言ってるんだい、それがここの了見というものさね」

遣手婆(やりてばば)は、怒る以前に呆れていた。五歳の子供をなだめでもするように、新入りに説いた。

「明里はね、からだを売らずとも、おまえさんたちの何十倍も稼げるんだよ。悔しかったら、せいぜい精を出して、太い客でもつかまえるんだね。もっともそのご面相じゃ、望み薄だがね」

「なんだとお！　もういっぺん言ってみやがれ、クソ婆ア！」

喧嘩っ早いのは、子供時分からの悪癖だ。何事につけ、唯々諾々(いいだくだく)と従うことができぬ性分だ。ついでに頭にくると、口がめっぽう悪くなる。

男ですら、決して得になる性分ではなく、女であればなおさらだ。女らしくしろ、男を立てろ、たまには大人しく従えと、耳にたこができるほどくり返されても直らなかった。むしろ耳のたこは、年月を経るごとに硬く分厚くなっていく。

たこの正体は、理不尽だ。どうしてこんなに、うちは貧しいのか、どうして父は、日雇で稼いだ金を外で散財してしまうのか、どうして母は何も言わないのか、父に文句をつけると、どうして自分が殴られるのか――。

それが高潮のように盛り上がったのは、十五の春のことだ。

「姉ちゃんが、色街に売られる？　そんな馬鹿な！　だって、賭場に借金を拵(こさ)えたのは、父ちゃんじゃないか。どうして姉ちゃんが、肩代わりしなけりゃならないのさ」

仕方ないんだよ、とため息のように母が応える。仕方ないはずがあるか、止めようとすらしない母も同罪だ。自身の弱さにかこつけて、傍観を貫くこの母も、ある意味、父以上にたちが悪い。

当然のことながら、ようは懸命に姉のために父に抗った。

「うるせえ！　おれだって、好きで娘を売りとばすわけじゃねえやい。十二両もの金を、他にどうやって工面するんだよ」

「父ちゃんが金輪際、酒や博奕をやめりゃあいいんだ。少しずつでも借金を返していける」

「知ったふうな口を利くんじゃねえよ！　てめえに何がわかる！」

「ちゃんとわかっているさ。てめえの尻拭いを娘にさせる、甲斐性なしの父親だってね！」

そこで平手がとんできた。よくあることだが、その日は一度では済まなかった。ようをぶつ父の手は、変に熱を帯びていて執拗だった。両の目は油でも塗ったようにぎらついていた。

「親に口答えばかりしやがって！　本当なら姉ちゃんの代わりに、おめえをくれてやりてえところだ」

「ああ、いいさ、あたしが行ってやるよ！　こんな家、あたしの方から出ていってやる！」

売り言葉に買い言葉で、姉の代わりに妹のようが廓行きとなった。姉は泣きながら詫びをくり返したが、自分が代わるとは遂に口にせず、ひそかにようは傷ついた。我が身かわいさか、父に逆らえなかったのかはわからない。

「顔立ちは、まあ、中の下といったところか。棒っきれみてえで色気もねえ。吉原や品川じゃまず無理だが、歳が若いところを見込んで、根津か上野山下なら大見世が引き受けてくれるかもしれねえ」

賭場仲間だと紹介されたが、ひたすら腰の低い父の態度からして、胴元の舎弟だろう。ようをじっくりと値踏みして、根津の三囲屋へと連れていった。

そこでもようは、同じことをくり返した。ただ抗う相手が、客や楼主、同輩たちに変わっただけだ。

「葛葉！　客を放っぽり出して逃げ出すとは、どういう了見だい！」

「あの客、あたしの首を絞めて喜んでいやがった。あんな薄っ気味悪い男はご免だよ」

「えり好みなぞ、できる立場かい。喧嘩するしか能がないなんて、客のつきようがないじゃないか。少しは明里さんを、見習ってほしいもんだね」

「姐さんのきれいは、生まれつきじゃないか。いまさら何を見習えってんだ」

「心延(こころば)えさね。根津随一と謳われりゃ、天狗になるのが相場だがね、明里さんは皆が称するとおり観音さまみたいじゃないか」

美しい上に慈悲深い。明里観音と有難がる者もいれば、吉原に倣(なら)って明里花魁(おいらん)とも呼ばれた。

「花魁は仕草がたおやかで、何よりも心根がやさしい。どんな客でも無下にせず、心をこめて相手をするんだ」

「遊女(あそびめ)が心をこめてとは、笑わせる」

「その喧嘩っ早さとへらず口を、どうにかおしってことさ。明里さんは、あたしら遣手や下働きのことまで、何かと気遣ってくれるんだからね」

説教のたびごとに引合いに出されるのはうんざりだが、ようも明里に恨みがあるわけではない。

可愛げのない新入りは、古株の姐さんや同輩たちからも疎まれた。布団部屋に押し込まれ折檻を受けるたびに、それ見たことかとほくそ笑み、布団巻きにされ身動きできないようをからかい、唾を吐く者さえいた。

　狭い空間に女ばかりが集められ、絶えず比べられ妍を競う。妓楼とはそういう場所だ。陰口や足の引っ張り合いは茶飯事で、見かけの平穏が保たれているのは、誰もが見ないふりをしているからだ。それをようは、おかしいと言い立てて波風を立てる。

「あたしらが男に楯突いたところで、何がどう変わるってのさ。女には女の、頭の良し悪しがあるってのに、あんたの馬鹿さ加減ときたら、見ていて腹が立つよ」

　見世で明里に次ぐ地位にいた白菊にも、何かと目の敵にされた。

　それでもようは、何度折檻を受けても決して折れなかった。生まれついての性分が、そうさせなかった。折れることができればどんなに楽か――内心ではよう自身が、己の気性に嫌気がさしていた。

　布団部屋に積まれた夜具からは、男の精と女の汗のにおいがする。最初は吐き気すらもよおしたが、だいぶ慣れてきた頃だった。いつのまにか眠っていたらしい。引き戸が開く音で、目を覚ました。布団部屋には窓はないが、開いた板戸の向こうはうっすらと明るい。日の出前の仄暗さで、空が白む頃合のようだ。

　腹を上にした芋虫姿のようを、上からきれいな顔が見下ろしている。

「明里姐さん……」

「おなかすいたでしょ。少しは凌げるから、お食べなさいな」

紙の巾着をほどくと、銀杏の形の打ち菓子だった。食べたことはないが、高価な砂糖を固めたこの菓子が、どんなに贅沢なものかはわかる。

「食べさせてあげるから、口を開けて」

「嫌ですよ、子供じゃあるまいし」

巻きつけられた布団ごと、ころりと向きを変えた。

「まあ、器用ね」

菓子を鼻先に置いてくれと促したのは、ようのなけなしの意地だった。悪いと責められれば、誰だって気持ちが萎む。空腹がさらに追い打ちをかけた。ひな鳥のように手ずから餌を与えられては、泣き出してしまいそうに思えたからだ。

布団の甲羅から首を伸ばし、紙の上の干菓子を二つ三つまとめてぱくりと食う。飴玉ほどの菓子は、あっという間に舌の上で溶けて、口いっぱいに甘さが広がった。

「美味しい？」

ん、と喉の奥で返事をして、せっせと干菓子を口の中で溶かす。こんな美味いものは初めて食べたが、水が欲しくなるのが難点だ。紙の皿が空っぽになると、明里はそれを懐に収めながら言った。

「ねえ、葛葉ちゃん……葛葉ちゃんは、そのままでいてね」

口の中が粉っぽい菓子に塞がれて、返事はできない。

「あたしにはこんなことしかできないけれど……葛葉ちゃんの贔屓(ひいき)がひとりはいるってことを、忘れないでね」

このとき何も返せなかったことは、まるでひとつだけ呑み下せなかった干菓子が喉につかえてでもいるように、ようの中に長く残った。

同じ見世にいても互いの座敷は離れていて、明里の周りには絶えず人の目がある。二度とふたりきりで話す機会はもてず、礼すら言えなかったが、ようがこだわったのは別のことだ。明里はどうして、あんなことを言ったのか。贔屓とはどういう意味か、くり返し考えた。わざわざ人目を忍んで皮肉を言いにくるほど、暇ではあるまい。

明里もまた、理不尽への怒りを抱えているのだろうか——？

だが、このこたえは、余計にようを苛(いら)つかせた。

この見世の、いや根津の天辺(てっぺん)にいるのだから、自ら訴えればよいではないか。ようごときがいくら抗ったところで高が知れているが、明里の声には耳を貸すはずだ。

自分は何もせず、腹に阿修羅のような怒りを内包したままで、世間には観音と称えられる。それこそがようには理不尽であり、不可解だった。


ようが見世から放逐されなかったのは、喧嘩葛という二つ名のおかげかもしれない。

ひどく威勢のいい妓(おんな)がいると、客の口の端(は)に上るようになり、わざわざ見物に登楼する者すらいた。たいがいは一度で懲りて二度は続かないが、少ないながらも変わり者の贔屓客もついた。

亭主の桐八も、そのひとりだった。

「おれだってよ、本当は明里の座敷に通いたいところだが、おれの稼ぎじゃ床入りする前に金が尽きちまう。三べんも通うなんて、まるで吉原じゃねえか。根津じゃあまず、きいたことがねえぞ」

「三囲屋の旦那が、吉原を真似て始めたんだよ。明里姐さんなら、吉原の花魁にもひけをとらないと言い張ってね。いまじゃ吉原だって、そんな七面倒くさい慣わしなぞ、すたれちまったそうだがね」

昔の吉原では、格の高い遊女とは、「初会」「裏」「馴染み」と三度通わねば共寝ができなかった。根津みたいな岡場所では、まずそんなもったいはつけないのだが、明里の評判は上がる一方で、楼主も思いきって強気に出たようだ。結果としては良い目に転がり、明里人気はさらに過熱した。

「あーあ、一度でいいから、あのきれえな顔を間近で拝んでみてえな」

「うるさいね、寝ても覚めても明里明里と」

「お、お葛、妬いてんのか?」

「てめえごときに妬くものかい。このすっとこどっこいが」

歯切れのいい悪口は粋にもきこえるらしく、贔屓からは受けがいい。

ただ、桐八には、誰より容赦がない。

他の客は概ね、十は年上だから、歳の近さ故だろうと思っていた。そのぶん気楽で、口喧嘩はしても本気で怒ることのない鷹揚（おうよう）さが、桐八にはあった。

「こう見えてあたしにだって、ちゃあんと金持ちの客がついてんだからね……まあ、うんとじいさんで、閨事（ねやごと）もままならないけどさ」

こういう客のおかげで、首の皮一枚で繋（つな）がってはいたものの、どのみち遊女の末路はきまっている。借金が返せぬまま歳をとり、さらに劣悪な場所に送られるか、病を得てくたばるか、大方がそのどちらかだ。

二番を張っていた白菊ですらも、二十五を過ぎると根津よりさらに格下の岡場所に移された。その現実は、ようを打ちのめした。たとえ稼ぎがよくとも、出る金の方が多ければ借金は少しも減らない。遊女として格が上がれば、衣装にもそれだけ金がかかる。豪華な打掛（うちかけ）もきらびやかな簪（かんざし）も、一切が遊女の肩にのしかかる。年季が明けても借金は前よりも増えていて、一生涯、借金に首を絞められながら場末で色を売り続ける。色街を苦界（くがい）と称する由縁だった。

落籍という日の目を見るのは、百のうちひとりかふたりか。

先の心配がないのは、明里くらいのものだろう。千両を積んでも、明里を身請けしたいと申し出る金持ちは何人もいたからだ。楼主もそれを当て込んで、高価な衣装で飾り立て、身請けにかかる費用をどんどん吊り上げているという。

「馬鹿々々しい、どうせ脱いじまうものに金を注ぎ込むなんて。旦那の阿漕（あこぎ）には呆れるよ」

「遊女屋の主人を、忘八（ぼうはち）と称するのもそれ故よ。仁義礼智といった八つの徳を失って、ひたすら儲けに走る。明里ですら、楼主にとっては道具に過ぎぬわ」

『出雲屋』の隠居は七十に届くほどの年寄りで、ようの馴染みになった数年前からすでに枯れていた。からだを舐めたり撫でまわしたりする狒々爺もいるのだが、そんな真似もせず、酒食を共にしながら話し相手をするだけで満足そうに帰ってゆく。

「ご隠居も、最初は明里目当てで、三囲屋に来たんだろ？」

「まあ、そうだ。ところがひと月先まで身があかないと言われてな、老い先短いわしには甚だ億劫だ。帰ろうとすると、えらい剣幕で客に突っかかる新造がいてな」

「わざわざあたしの馴染みになるなんて、ご隠居も物好きな。何が気に入られたのか、未だにさっぱりだけどね」

「少なくとも、おまえさんは正直だ。それが好もしく思えてね」

若いときには色好みで、吉原をはじめ方々の色街に通ったが、歳を経て脂が抜けると、街が急に色褪せて見えるようになった――隠居はそう語った。

「廓も岡場所も、すべてが嘘で成り立っている。遊女の手管も男女の契りも、平たく言えばみんな嘘だ。この歳になると、どうにも虚しく思えてね」

年寄りの達観についてはよくわからなかったが、ひとつだけ合点のいったことがある。

「たとえば三囲屋で、いちばんの嘘つきは明里だろうな」

「嘘つき……明里姐さんが？」

「客を騙しているうちは、まだいいがね、あの妓は己を欺いている。いつかどこかで破裂してしまいそうでな、わしには危うく思えるよ」

「少しだけ、わかるような気がする」

「そうか。葛葉、おまえは明里を見ていて、どう思うね？」

「……苛々する」

妬みはあるが、憎しみとも少し違う。

明里をながめていると、息が苦しくなることがあった。

誰にでも慈しみの眼差しを注ぎ、口許に浮かべた微笑は途切れることがない。

それが何故だか、ようにはたまらない。観音と呼ばれて、明里は嬉しいのか？　人が仏と呼ばれて幸せなのか？　そんな疑問とともに、何がしかの不安が頭をもたげる。

「人の悪目ってのは、本心の裏返しさね。それがどこにも見当たらないのは、本心が封じられて、相手の真が見定められないためだ——葛葉には、そう感じられるのじゃないのかい？」

悪目とは、短所のことだ。隠居に言われて、そうかもしれないと素直にうなずいていた。

「ご隠居は、存外物知りなんだね。もしかして、学者先生かい？」

「色街についてなら、いっぱしの学者かもしれんな」

「そんなのちっとも有難かないよ」

ようの言い草に、総入れ歯の口を天井に向けて隠居は笑った。

「ありがとう、明里姐さん。おかげさまで、だいぶ楽になりました」

小ざっぱりとした料理屋の二階座敷で、しばらく横になるよう勧められた。青畳のさわやかな匂いと、顔にかかる風が心地よく、ほんのわずかなあいだだが眠っていたらしい。

目覚めると、団扇をもつ白い手が左右にたおやかに揺れていた。明里が傍らで、扇いでくれていたようだ。白い顔が、ほっとしたようにほころんだ。

子年の生まれだから、寅年のようよりもふたつ上のはずだ。だとすれば、ちょうど三十か。三十路を迎えたとは思えぬほどの瑞々しさだった。身なりにも金がかかっている。地味な装いながら、すべて絹物だと察しがついた。派手で安っぽい自分の姿が急に恥ずかしく思えて、両の襟を寄せ合わせた。

「大丈夫？　まだ少し顔色がよくないわ」

「もう平気です。病ってわけでもないし……」

ようの口ぶりに、何か気づいたようすを見せたが、それにはふれず明るく言った。

「ね、葛葉ちゃん、よかったらここで夕餉をいただいていかない？　せっかく久方ぶりに会えたのだもの。ぜひ、ご馳走させてちょうだいな」

そんな気などさらさらなかったはずなのに、ようの腹は実に正直に馳走を欲する。どのみち仕事に出るのは億劫で、休んだとて居酒屋の主人も文句は言うまい。自ずとうなずいていた。

「よかった！　実はあらかじめ、料理を頼んでおいたのよ。すぐに運ばせるわね」

料理屋の仲居を呼んで、膳の仕度を頼んだ。さっきの中年女は見当たらず、階下の控えの間で待たせているようだ。

「葛葉ちゃんは……ああ、昔の名で呼ばれるのは嫌かしら？」

「いまは、構いませんよ」

気分が治り、ふたりきりの気安さもあって、そうこたえた。ほどなく景色も鮮やかな塗りの膳がふたつ運ばれて、酒までついている。遠慮なく、まず盃（さかずき）を手にとった。

「あたしが見世を辞めた翌年に、葛葉ちゃんも根津を出たそうね」

「どうしてそれを？」

「おげんさんの便りの中に、書いてあったわ」

遣手の名だと察するまでに、少々時が要った。店を去った遊女を懐かしむ手合いには見えなかったが、明里だけは遣手にとっても特別なのだろう。

「馴染みのご隠居が、身請けをしてくだすったのでしょ？」

「ええ、あたしの借金を肩代わりしてくれて。それっぱかりは、本当に有難いと思っています……それから半年ほどで逝っちまったから、よけいに」

出雲屋の隠居が身請け話をほのめかしたのは、いまだ明里の落籍が熱心な語り種（ぐさ）になっている頃だった。

遊女の身請け代は、御上によって五百両が上限とされているが、それは表向きの話だ。吉原では千両やそれ以上もままあるときく。しかし根津の遊女にそこまでの大金を払った例はなく、おそらく明里が初めてだろう。

落籍したのは、蔵前（くらまえ）の札差（ふださし）だった。五百両との建前だけに、実の金高はわからない。噂ばかりがひとり歩きして、千両、千五百両、果ては二千両にまで値が吊り上がった。札差の明里への執心と、三囲屋の主人の阿漕が絶妙に絡み合えば、どんな大金がやりとりされてもおかしくない。ひと晩で茶屋に百両を落とす札差なら、さして懐も痛まないのだろう。

「札差の旦那には遠くおよばないけれど、出雲屋の隠居も、多少まとまったお金があるからと、三囲屋に掛け合ってくれて」

ようの身請け代は、六十一両と三分一朱。一朱まで取り立てたところが、こすからい主人らしい。それ以上に、借金の額が五倍以上にまでふくらんでいたことに、ようは驚いた。

父が賭場に作った借財は、十二両だった。たった十二両。それがようの身の代だった。

十五歳から十一年も働いたのに、どうして減るどころか増えているのか。問い糺（ただ）したように向かって、衣装代だと主人はほざいたが、明里ならまだしも、葛葉に宛（あて）がわれたのは安物ばかりだった。

とうてい見過ごせない理不尽に、ようは存分に憤った。あまりのしつこさに辟易（へきえき）し、同席した隠居の手前、邪険にもできなかったのか、端数を除いた六十両で手打ちとなった。

「葛葉のおかげで、一両と三分一朱、儲けたわい」

楼主の座敷を出しな、隠居はさもおかしそうに目尻を下げた。

「ご隠居の恩には、精一杯報いるよ。下の世話だって構やしない、一生懸命努めるよ」

「そんなつもりはさらさらないよ。身請けはするが、後の暮らしまでは面倒を見切れんからな」

「それじゃあ……」

「あとはおまえさんの、好きにすればいい」

自由を得た瞬間、風が吹いたような心地がした。岡場所にただよう生臭い流れではなく、高い空を舞う鳥がまとう、少し冷たくて自在な風だ。

「といっても、行く当てはあるのか？　おまえさんの実家（さと）もすでにないしな」

事情を知っている隠居は、少し考える顔をした。

ようが根津に来た翌年、姉は男と駆落ちした。このままいても早晩、自分も売りとばされると危ぶんで逃げたのかもしれない。父の博奕癖はやむどころかひどくなる一方で、それからほどなくして両親は夫婦そろって夜逃げした。賭場の胴元が根津に舎弟を寄越し、肩代わりするよう迫ったが、ようは頑として拒み続け、奉行所に訴えてでも払うものかと息巻いた。脅しではなく、ようは本気だった。このときばかりは楼主も間に立ち、面倒を避けてか向こうもあきらめてくれた。

「好いた男のひとりくらい、おらんのか？」

ぽっ、と桐八の顔が浮かんで、よう自身が誰よりもびっくりした。桐八はあくまで客のひとりであり、そんなふうに意識したことなどついぞなかったからだ。

「なんだ、おるのか。それなら心配はいらんな、わしにできるのはここまでだ」

にこにこと隠居は相好（そうごう）を崩したが、ようは手放しでは喜べなかった。明らかに具合の悪そうな隠居のようすが、はっきりと見てとれたからだ。顔色はくすんで、この半年ばかりで一気に目方が削げた。

「ご隠居、加減が悪いんだろ？　やっぱりあたしに、世話をさせてもらえないかい？　何も返せないまま、このままぽっくり逝かれたら、夢見が悪いじゃないか」

ははは、と入れ歯の口を、愉快そうに仰向ける。

「葛葉が気にすることはない。言ってみれば、これはわしの罪滅ぼしだからな」

「罪……って、何だい？」

「長年、色街に通って、嘘をつき続けた。忘八の片棒を担ぐに等しい真似をして、妓たちを使い捨ててきた。番頭たちのふんばりで家業は成り立ったものの、遊び癖のために女房や子供にも苦労をかけた……数えると、きりがない」

他人がうらやむ人生にも、物思いはあるのだなと、あたりまえのことに思い至った。

「だからせめて、最期は古女房に看取ってもらうよ」

根津に来るのも、これが最後だと告げられた。半年前より明らかに嵩を失った背中を、いつまでも見送った。気づくと、ようは泣いていた。

その晩、ようは桐八に宛てて文を書いた。客への誘い文より他は、ほとんど書いたためしがない。そのせいかひどく緊張し、十枚近くも反故にした挙句、隠居のおかげで自由の身になったが、当面行く当てがないと認めた。

翌日、宵の口に桐八は駆けつけてきて、それだけで胸がいっぱいになった。

「行く当てがないなら、うちに来い。汚えボロ家だけど、気兼ねはいらねえ。いつまでだって、いてくれていいからよ」

思わず桐八に抱きついていた。

心町（うらまち）の長屋は、想像以上のボロ家であったが、ようが初めて見つけた居場所だった。


「うらやましい……出雲屋のご隠居といいご亭主といい、葛葉ちゃんは人に恵まれているのね」

ひととおりの身の上話を終えると、明里はほうっとため息をついた。

「明里姐さんに言われても、皮肉にしかきこえませんよ」

「そんなことはないわ。何の欲得もなく身請けしてくれたお方がいて、好いた人と一緒になって、この上ない幸せだわ」

「たしかに最初は、あたしもそう思いましたよ。でも、うちの宿六（やどろく）ときたら……博奕癖があると知っていたら、一緒になんてならなかったのに。父親で懲りてますからね。おかげでこっちは、いつまでも昔の商売から足が抜けなくて……」

酒がまわってきたせいか、よけいな話までしてしまった。己の間抜けさに、ち、と舌打ちが出た。

「もしかして、お客をとっているの？」

「たまに……酌をするだけじゃ、もらいがおっつかなくて。もともと、それを売りにしていた店でしてね」

吉祥寺門前のよいやは、そういう店だ。一階で簡単な料理と酒を供し、気に入った女がいれば二階に上がることもできる。

「それなら、子供の父親は……？」

え、と顔を上げた。白い額の眉間の辺りには、憂いがさしている。

「お腹に、ややがいるのでしょ？　具合が悪いのも、そのためよね？」

案じ顔から目を逸らし、力なくうなずいた。産婆に行っていないから産み月すらわからないが、三月（みつき）ほど前に月のものが止まり、からだの異変にも気づいていた。

「ご亭主には？」

「言ってません……堕ろすつもりで、いるので」

「ご亭主の子供かどうか、わからないから？」

「違います！　この子は間違いなく、亭主の子です！　だって今年の四月から、店は二階を閉めちまって」

よいやの主人と親しく、客としてもたびたび訪れる岡ッ引から忠告があった。このところ岡場所への手入れが厳しくなり、門前町などで隠し売女を置く店も次々に挙げられている。しばらくは二階座敷での商売は控えた方がいいと諭されて、主人は三月の末で、ひとまず売春稼業を畳んだ。よいやの同輩の中には、客と示し合わせて店の外で会う者もいるのだが、ようはそれ以来、客をとっていない。

四月の初めに、最後の月のものがあったから、腹の子の父親は桐八に相違ない。

「いまは六月の末だから、子供は三月くらいかしら」

「たぶん……」

「ご亭主の子供なら、どうして産むのをためらうの？」

「言っても、信じてもらえないかもしれないし……それに……」

なあに？　と柔らかく問われて、本音がこぼれた。

「もしも女の子なら、あたしと同じ辛い目を見るかもしれない。父親の博奕で借金の形にされて、色街に売られて……」

下がり気味の一重の目が、じっとように注がれる。

「あなたの子供なら、きっと大丈夫。黙って流されるだけじゃなく、精一杯抗うはずよ」

「皮肉ですか？」

「いいえ、あたしは昔から、葛葉ちゃんがうらやましかった」

明里はすいと立ち、窓辺に腰を落とした。開け放された窓から、外をながめる。日は沈み、吉祥寺ほどではないが、南谷寺門前町のにぎわいが流れてくる。

「あたし本当は、いまの旦那にだけは落籍かされたくなかったの」

「そんなに、嫌な男なんですか？」

「いいえ、旦那がどうこうではなく、別の理由があって……」

背中を向けられて、表情は見えない。わずかに落ちた左の肩が、妙に物悲しい。

「あたしは九つの歳から根津で育ったから、よくわかっていなかったのだけれど……あたしたちのような稼業は、世間ではひどく疎まれるのね。さっきのおふなのようすで、わかるでしょ？　女中どころか端女ですら、蔑むような目をこちらに向けるの」

「ああいうのって、腹が立ちますよね！　こっちは親兄弟のために、人身御供にされたってのに」

親兄弟を助けるのはあたりまえだと吹き込みながら、務めを果たした女たちには嫌悪を示す。そういう目を向けるのは、概して同じ女だった。

「根津の里ではちやほやされても、一歩出ると女郎上がりと呼ばれる……まるで手の平を返したように……変わらぬものは、ひとつきりだったわ」

「何です？」

明里はふり向いたが、こたえなかった。代わりに、自分の腹に手を当てる。

「あたしもね、同じなのよ」

「え、それじゃあ、姐さんも……？」

「そうよ。お腹に、ややがいるの」

行灯の仄暗い灯りをはね返すような、鮮やかな笑みを浮かべた。

思わずどきりとした。目尻と唇に朱をさした、往年の明里を思い起こさせた。

ただ、鼓動が大きく鳴った理由は、それだけではないような気もする。どきりの中に、ひやりも混じっている。ひやりと感じた冷たさの正体がわからない。

違和を感じたのは一瞬で、明里はまた観音に似た笑顔に戻っていた。

「だから、葛葉ちゃん、やっぱりご亭主に明かしてみてはどう？」

返事に迷って、あいまいにうなずく。

「もしも無事に生まれたら、同い歳になりますね」

「ええ、お互いに楽しみだわね」

妾腹とはいえ札差の子として生を受ける子供と、心町の貧乏長屋に生まれる子では天地ほどの開きがある。それでも、いかにも嬉しそうな明里の笑顔に気圧されて、達者な抗弁を返せなかった。

「名残り惜しいけれど、そろそろ帰らないと」

明里は仲居を呼んで、勘定と駕籠を頼んだ。

「今日、葛葉ちゃんに会えてよかったわ。お不動さまのご加護かもしれないわね」

「そういえば……姐さんは南谷寺に、目赤不動を拝みに？」

「ええ、そうよ。目白不動と目黒不動も、すでにお参りを済ませたわ」

「うちの宿六も、熱心に通ってますよ。お不動さまは、勝負事の神ですからね」

目白と目黒を合わせて三不動と呼ばれるが、安産祈願に不動明王とは的外れにも思える。表情から察したのか、うっすらと笑う。

「お不動さまの強さに、あやかりたくて。いまのあたしには、何よりも入用なの」

不動明王には、迷いを断ち切る力があるという。明里は、何を迷っているのだろう？　ふと、そう思った。

「丈夫な子を、産んでちょうだいね」

「ええ、姐さんも……」

ようは駕籠酔いしやすいたちで、送りの申し出は断って二丁の乗物を見送った。

駕籠かきの威勢のいい掛け声とは裏腹に、女たちの乗った駕籠は頼りなげに揺れている。

どうしてだか、最後に見送ったときの、出雲屋の隠居の姿が思い起こされた。


それからしばらくは、体調が思わしくなく、店にも通えず家で寝たり起きたりの日々が続いた。

「大丈夫か、およう。相変わらず顔色が悪いな。夏風邪でも拾っちまったか？」

桐八は柄にもなく心配し、そのあいだは賭場通いもやめて、家にも早く帰るようになった。ただ、子供のことだけは、やはりふんぎりがつかず打ち明けられぬままだった。

暦が秋に替わり、数日が過ぎた頃、ようやくめまいやからだのだるさがとれて、ようは久方ぶりに外に出た。

薄曇りだが、蒸し暑さはいくぶんやわらぎ凌ぎやすい。

心川(うらかわ)の岸でぼんやりしていると、男が坂道を下ってきた。

差配(さはい)の茂十(もじゅう)である。ように目を留めると、いつもより早足で近づいてくる。

「おようさん、具合はもういいのかい？」

「ええ、おかげさまで。差配さんには、お見舞いまでいただいちまって」

この世話好きな差配は、二度ほどようす見に訪れて、砂糖やら白玉やらを差し入れてくれた。

「そういや、ちょうどよかった。あんたに知らせたいことがあって……」

と、己の懐に手を入れたが、その姿のままにわかに躊躇する。

「決して楽しい話じゃないからな……病み上がりには、きついかもしれない」

「何ですか、差配さん。脅かしっこなしですよ」

「いや、前にあんたの亭主からきいたんだがね、おようさんは根津で、あの明里花魁と同じ見世にいたんだろ？」

「ええ、そうですが……」

差配の冴えない表情を見ただけで、嫌な予感に襲われた。

「こいつはいましがた手に入れたんだがね、根津じゃあ未だに語り種になっていただけに、門前町は大騒ぎになっていた」

差配が懐から出したのは、一枚の紙片だった。やや心配そうな表情で、ようにわたす。

「これは……読売かい？」

真ん中に、一組の男女を描いた下手な絵があり、そのまわりはびっしりと細かな文字で埋められている。読めないわけではないが、気が急いて文字を辿るのが億劫だ。ふいに、中の一言が、目にとび込んできた。

「心中……心中って、書いてある……まさか……」

「面白おかしく書くのが読売だからね、経緯についちゃ当てにはできないが……男と相対死にしたのは、間違いなさそうだ」

「男って、誰なんだい？」

「札差の、手代だとさ。名は槙之介というそうだ」

その名に、覚えがあった。思い出そうとすると、足許が急に不確かになった。また貧血を起こしたらしい。差配が慌てて支え、低い土手にようを座らせた。

「大丈夫か、おようさん、いま水をもってくるからな」

差配が井戸へ向かいひとりになると、ぐちゃぐちゃにこんがらがった頭の中から、ひとりの男の姿が浮かんだ。

「そうだ、槙之介……思い出した！」

明里を落籍かせた札差の供をして、たびたび三囲屋に来ていた手代だ。明里と同じくらいの歳頃で、主人気に入りの手代らしく、旦那が明里としっぽりしているあいだ、酒食の用意や勘定などを楼主や遣手と相談し、まめまめしく主人の世話を焼いていた。

生真面目で線が細く、顔立ちも悪くはなかった。何人かの朋輩が寝所に引き込もうとしたが、なびくことはなく、忠犬のように律儀に主人を待っていた。

ようが覚えているほどだ、明里が知らぬはずはない。いや、むしろ当時から、主人を挟んで親しく口を利いていてもおかしくない。

あたし本当は、いまの旦那にだけは落籍かされたくなかったの――。

明里の物憂げな呟きがよみがえる。もしやあの頃から、ふたりは惹かれ合っていたのだろうか？　他の男に肌を許しながら、目と心だけは別の男を追っていて、その思いを相手は察していたのだろうか？

お腹に、ややがいるの――。

総身に悪寒が走った。この前の明里は、らしくなかった。腹の子は、亭主とは別の種なのかと、切り込むような真似をした。

あれは、ようではなく、自分のことだったのか……。

読売の字面を追うと、今生では添い遂げられないふたりの仲を憂いてとか、主人がありながら手代と浮気した罪に耐え兼ねてとか、もっともらしいことが書いてあるが、心中まで追い詰められたのは、きっとお腹の子供のためだ。

旦那か槇之介か、どちらの子供かはわからない。どちらにせよ、明里は嘘をつき続ける羽目になる。槇之介の子なら世間に、旦那の子なら自分に――。

――いちばんの嘘つきは明里だろうな。

出雲屋の隠居の言葉が、耳によみがえる。

九つの歳から根津の色街で、ずっと自分を殺して明里は生きてきた。根津を出た後もそれは続き、いまに至った。

子供ができたことで、それまでの自分にふんぎりをつけたかったのか、あるいは嘘の片棒を、子供に担がせることが不憫（ふびん）に思えたか、それもわからない。

ただ最後に、大声で自分の真（まこと）を訴えたかった。

三不動にすがり、ように出会ったことで、心を決めたのかもしれない。そう思うと、よけいにたまらない。ひやりとしたのは虫の知らせか。

「だからって死んじまったら、何にもならないじゃないか……」

お互いに楽しみだわね――。

「嘘つき……」

呟いた拍子に涙があふれ、止まらない。柄杓を手にした茂十が戻ってきた頃には、ようは大泣きしていた。派手な泣き声に、近くの長屋からも人が顔を出す。

「ちょいと、差配さん、いったい何をやらかしたんだい。こんなに泣かせて」

「え、おれは何も……いや、やっぱりおれのせいか」

差配は柄にもなくおろおろし、両脇からかみさんたちの太い腕がかかり、なだめたり背を撫でたりしてくれる。

思えばこの心町では、女郎上がりをあてこすられることは滅多になかった。中には嫌な顔をする者もいたが、根津の色街に近いだけに、同じ境遇の者は他にもいて、惨めな暮らしぶりはお互いさまだ。

そう思うと、よけいに涙が止まらない。泣きながら、心に決めた。

今日、亭主が帰ってきたら、子供ができたことを打ち明けよう。もしも疑いをもたれたら、よいやの主人を引っ張ってきてでも身の証しを立てるのだ。

桐八は、狼狽するだろうか。それとも、喜んでくれるだろうか。

丈夫な子を、産んでちょうだいね――。
やさしい声音と鮮やかな笑みがよぎり、新たな涙がようの頬に張りつく。
なだめるのに飽いたのか、かみさんたちは世間話を始めていた。

灰の男

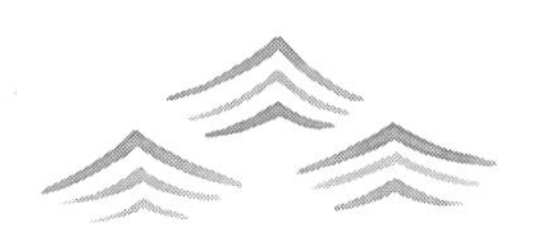

忘れたくとも、忘れ得ぬ思いが、人にはある。

悲嘆も無念も悔恨も、時のふるいにかけられて、ただひとつの物思いだけが残される。

虚に等しく、死に近いもの——その名を寂寥という。


「十二年か……」

川をながめて、茂十は呟いた。

口にするとあまりに長い年月のはずが、過ぎてみれば、まさに光陰矢の如しだ。

光陰とは歳月のことだと、子供の頃に教わった。

「歳月とは言いかえれば、人の一生だ。誰のどの生にも光と陰があり、時は瞬く間に過ぎてゆく。……まあ、おまえたちの歳ではわからぬだろうがな」

半白髪の手習師匠は、いまの茂十と同じくらいか。

十二年も、心町に留まるつもりはなかった。すぐにでも白黒をつけるつもりが、未だに灰色のままだ。

心町に至る坂道を下り、今日も灰色の男が帰ってきた。茂十の背中を通り過ぎる。

「楡爺、今日のおつとめは終わりかい？」

ふり返って声をかけても、うんともすうとも応えない。わずかに残った乱れた白髪、口は半開きで、瞳はぼんやりと宙に据えられている。まるで幽霊さながらだが、楡爺にとっては、茂十こそが幽霊なのかもしれない。誰もいないかのように、通り過ぎていく。

後を追いながら、茂十は声をかけ続けた。

「師走に入って、朝晩は冷えるからな、風邪なぞ引かぬよう温かくするんだぜ」

自分は、何を言っているのだろう？　本音を隠して体のいい言葉をかけるなぞ、嘘をつくに等しい。

「おやめな、差配さん」

見透かされたようで、どきりとした。

大きな腹を両手で支えるようにして、およう
が立っていた。産み月は年明けのはずだが、まん丸の腹はすでに全力で存在を主張している。

「どうせ何を言ったって、返っちゃこないよ。とっくに惚けちまってんだから」

「まあ、そうなんだがね」

「にしても、おかしなもんだよね。どんなに呆けていても、裏門の楡の木に通うことだけは忘れない。ま、忘れたら、おまんまの食い上げだからね。頭の代わりに、からだが覚えているのかねえ」

呑気そうに、からからと笑う姿に安堵がわく。明里の心中には、ずいぶんと取り乱していたが、

五月が過ぎてすっかり落ち着いた。

根津権現の裏門の外に、貧相な楡の木が立っている。やや傾いでいる上に、枝ぶりも葉の繁りも悪く、夏の木陰は申し訳程度、風雨もさして凌げない。

なのに毎日、その木の下で物乞いをする。いつのまにか、楡爺と呼ばれるようになった。

もとは境内で商売をしていたが、寺の者に払われて、いまの場所に落ち着いたともきく。

すでに十五年ほど前のことだから、あくまでも噂に過ぎない。

心町に住まうようになった経緯も、少々変わっている。

大隅屋六兵衛が連れてきて、自分が請け人になるからと、当時の差配に話を通した。すでにその頃から耄碌していて、自分の名すらわからない。楡爺でよかろうと適当を通し、六兵衛の借家の裏手にある物置小屋に住まわせた。四人もの妾を同居させ、ろくでなしと揶揄されていたが、情には脆い男だった。少なくとも、楡爺が十数年生き長らえたのは、六兵衛のおかげに違いない。

心町と根津権現を往復しながら、穏やかにくたばるのが、楡爺にも本望だったろう。

そこに石を投げ入れたのは、ほかならぬ茂十だ。

ちょうどこの川のように、とろりと濁ったままの頭を揺さぶり目を覚まさせようと、十二年のあいだ石を投げ続けたが、甲斐はなかった。投げた石の重みは、はね返ってでもくるように、茂十の中で嵩を増す。

十二年も心町に腰を据えることになったのも、そのためだ。

ぽん、と腰のあたりをたたかれ、我に返った。

「差配さんたら、二度も呼んだのに」

ぷくっと頬をふくらませる。子供らしいその顔が、茂十と目が合うと、にわかに歳に似合わぬ案じ顔に変わる。

「大丈夫？　加減でも悪いの？」

「ああ、すまんな、ゆか坊。ちょいと、ぼんやりしていただけだ」

作り笑いでごまかしたが、素直な不審がじっと注がれる。ゆかは、どうも苦手だ。

わずか八歳の子供に過ぎぬのに、ひどく利発で、そのぶん鋭いところがある。切っ先を外すように、話題を変えた。

「ゆか坊こそ、どうだい。越してきて、そろそろ一年だろう？　心町にもだいぶ慣れたかい」

「うん、まあまあ。ボロ屋ばかりで最初はびっくりしたけど、住み心地は悪くない」

歯に衣着せぬ生意気な物言いながら、終いのところは本音だろう。

「おっかちゃんと、ずっと一緒にいられるし。おとっちゃんも毎日、美味しいものを作ってくれるし」

口許が正直にほころぶ。年相応な子供らしさが垣間見えて、安堵を覚えた。

にわか拵えの親子とは思えぬほどに、『四文屋』の一家はうまくいっているようだ。

「おれも、ゆか坊のお父つぁんのおかげで、美味い飯が食えて大助かりだ。後で寄らせてもらうよ」

「あ、そうだ！　これ、渡しにきたんだった。差配さんがいないとき、うちに届いたの」

ひとり暮らしで、手伝い女も置いていない。飯は四文屋で済ませるし、洗濯は近所のかみさんたちに駄賃を渡して頼んでいる。掃除だけは自分でこなすが、ふた間きりの簡素な住まいだけに手間もかからない。

ゆかが、手にもっていた文を差し出す。不在の折の文や言伝(ことづて)は、四文屋が預かることになっていた。確かめるまでもなく、誰からの文かわかっていた。

毎年この時期、師走になると、まるで歳暮のように律儀に届く。

「読まないの？」

「うん？　ああ、そうだな」

届けてくれた子供の手前、文を開いて中を改めたが、案の定いつもの決まり文句が記されていた。

『今年も蓮見(はすみ)の頃になり候　いつもの日刻(にちどき)にて』

達筆とはいえないが、ていねいで曲りがない。書き手である男の性質がよく表れていた。

「古い見知りでね、いわゆる竹馬の友ってやつだ。わかるかい？」

「子供の頃からの、仲良しってことだよね？」

「そう、そいつとは、五十年以上のつき合いになる」

ゆかが、驚いたように目を見張る。たとえ利発でも、年月の長さだけは子供には測りきれぬようだ。

この文が届くと、今年も終わりかと、一年の早さを痛感する。

「蓮見に行こうと、誘われたんだ。毎年の慣いでね」

師走に蓮見とは、季節がまったく外れている。

ゆかはきょとんとして、不思議そうに首を傾げた。


師走十九日、日が落ちると、茂十は日本橋の浜町に向かった。

浜町川沿いを行くと、千鳥橋の手前に小体な料理屋がある。

軒に下がった提灯に、『蓮見』と書かれていた。川端をながめても蓮はなく、店名の謂れは知らない。ただ、十二年前から、師走十九日の宵五つに、ここで旧友と会うことが慣いとなった。

「お、来たな、茂十。先に始めていたぞ」

会田錦介は、丸い顔をほころばせ盃をもち上げる。酒の盆をはさんで、正面に胡坐をかきながら、茂十がぼやいた。

「錦介も毎年、律儀だな。店も日刻も決まっているのだから、わざわざ文を寄越すこともなかろうに」

「おまえがちっとも八丁堀に寄りつかぬから、気を遣うているのだ。たまには久米の家にも顔を出さんか。未だに立場は、久米の隠居であろうが」

久米茂左衛門——。それが茂十の本名だ。茂十は幼名で、錦介もまた家を継いだ折に名を改めたが、互いに昔のままの呼び名で通している。

ふたりはともに、町奉行所同心の家に生まれ、八丁堀で育った。歳は錦介がひとつ上になるが、家が近所で手習所も道場も同じ。代々、南町奉行に仕え所内での仕事も似通っている。町方の花といえば、市井に通じ姿も粋な定廻同心や、裁きに直接関わる吟味方がもてはやされる。しかし久米家も会田家も、吟味や外回りとは無縁で、地味な役目をもっぱらとした。

錦介は例繰方、茂十は諸色掛りの役目に就いた。例繰方は、要は帳面役で、吟味方の行った調べをまとめ、またそれらの記録から奉行の求めに応じて処罰の類例を挙げる役目も負う。

一方で諸色掛りは、正式には市中取締諸色調掛りと称する。取り締まるのは罪人ではなく、商品の価格である。江戸を二十一組に分け、それぞれの名主に物価の調査をさせる。これを監督し、不当に高い値をつける商家を取り締まるのだ。

——ねえ、旦那。

皮肉な笑みを刻んだ、お吉の表情がふいに浮かんだ。

——日本橋にいた頃、あなたさまをお見かけしたことがありましてね……。

外回りではないだけに油断していたが、調べのために薬街にも何度か足を運んだことがある。薬種問屋『高鶴屋』の内儀であったお吉に、顔を覚えられていたのだろう。

「おい、きいているのか？　たまには久米家に帰ってこいと言うておるのだ」

皺や白髪が増えても、太い眉と丸い赤ら顔は子供の頃から変わらない。おかげで金太郎だの坂田の錦介だのと、周囲の子供らから囃されていた。八丁堀には、その頃の懐かしい景色とともに、抉(えぐ)るような痛みを伴う記憶も張りついている。

「久米家はもう、おれの家ではない。当代にとっても、その方が気楽だろう」

「茂十、おまえ……」

錦介の返しをさえぎって、廊下から声がかかった。仲居が膳を運び入れる。

「お、刺身は鱸(すずき)か。小鯛の炙(あぶ)りに大蜆(おおしじみ)の澄ましとは、さすがに気が利いておる」

蓮見は目立たぬ構えながら、吟味された肴(さかな)を供し、酒も上質な下り酒しか出さない。

膳の景色に、錦介は弾んだ声をあげ、まずは一献傾けた。

毎年、訪れているだけに勝手も利く。料理は膳に並べて一度に運ばせ、給仕もあえてつけない。

他聞をはばかる話をするためだ。

「で、どうだ？　爺さんのようすは」

「相変わらずだ」

「そうか……やはりおまえの、見込み違いではないのか？」

「かもしれん……」

十二年経っても、白黒がはっきりしない。いっそ人違いであれば、どんなに楽か。

「あのな、茂十。おれも今年の暮れで、隠居することにしたんだ」

空けた澄ましの椀を、ことりと置いた。

「おれも年が明ければ、五十七だからな。隠居には頃合だ。長らく気がかりであった跡継ぎも、
ようやく決まったしな」

錦介には三人の子がいるが娘ばかりで、家を継がせるつもりで長女に婿をとったが、あいにくとこの婿が粗忽者だった。町方役人は表向き、一代限りとされているが、内実は世襲に等しい。ためにも息子や婿などの跡継ぎが、見習いとして出仕する例は多い。会田家の婿もまた、義父の錦介とともに例繰方の役目に就いたが、さっぱり身が入らなかったという。

「町方役人ときいて、定廻りなぞを描いていたようでな。日がな一日帳面付けの上に、思ったほどの実入りがないと、ぶちぶちとごねるのだ」

町奉行所の与力や同心は、他所とは段違いに実入りが多い。武家や町人からの袖の下や付届けによるものだが、内勤ではそれもぐっと目減りする。婿にとっては、当てが外れたと思えたのだろう。結局、数年前に離縁に至り、以来、跡継ぎのことで錦介は頭を悩ませてきた。

「で、上の娘に、新しく婿を迎えたのか？」

「いや、長女には他に良い縁談があって、外に嫁がせた。次女はとうに嫁に出していたからな、結局、末の娘に婿をとった。今度は幸いにも当たりでな」

「それはよかった。錦介もようやく肩の荷が下りたな」

まあな、と丸い赤ら顔を弛める。それから、ちょっと言い辛そうに口を尖らせた。

「実はな、隠居を機に、おれも八丁堀を離れて、田舎で暮らそうかと思うてな。もともとは萩が言い出したのだが。根岸や向島、白金村や渋谷村辺りでもいい、鄙びた一軒家を借りるくらいの蓄えはあるしな」

お萩は錦介の妻で、やはり八丁堀で育った同心の娘だけに、錦介や茂十とはいわば幼馴染になる。ふんふんと相槌を打っていたが、急に話の矛先が茂十に向いた。

「茂十、おまえも一緒にどうだ？　おれや萩なら気兼ねもいらんし、年寄り三人で、のんびり暮らすのも悪くなかろう」

「よしてくれ。どうしておれが、おまえたち夫婦の厄介に……」

半ば呆れながら固辞しようとして、思いのほか真剣な表情にぶつかった。

「ならば、茂十、おまえはこの先どうするつもりだ？　八丁堀にも帰らず、あの場末の地で果てるつもりか？」

「錦介……」

「そんな行末は、おれには耐えられぬ。昔の恨みを抱えたまま、誰にも看取られず、ひとり寂しく息を引きとる――このままでは、それがおまえの末期になるのだぞ！」

丸い輪郭がゆがみ、目尻には涙すら浮かべている。

心から茂十を案じ、先行きを憂いてくれるのは、この男だけかもしれない。その有難さばかりは、身にしみていた。

「おれは、おまえをあの町の差配に据えたことを悔いておる。よもや十二年ものあいだ囚われることになろうとは、思わなんだからな」

「錦介、違う。十二年ではなく、十八年だ」

はっと錦介が、顔を上げる。

「おれは十八年前から、地虫に囚われたままだ」

金太郎を思わせる赤ら顔が、くしゃりとひしゃげた。

地虫の次郎吉(じろきち)――。かつて江戸を騒がせた、夜盗の頭(かしら)だ。

地虫とは、土中に潜む虫のことで、草木の根を害することから根切り虫とも呼ばれる。その名のとおり次郎吉は、半年に一度ほど、手下を引き連れて商家を襲い、有り金を残らず奪っていく。殺しだけはせぬものの、女に無体を働いたり抗う者を殴りつけたりと相応に荒っぽい。

南北の町奉行所は必死に行方を追ったが、いつも後手にまわり捕えることが叶わなかった。とはいえ、諸色掛りには関わりがない。地虫の名が所内で声高に叫ばれても、当時、久米茂左衛門であった茂十は、どこか他人事のようにきいていた。

しかし諸色掛りにも、地虫に関心を寄せる者がいた。息子の修之進(しゅうのしん)である。

十五歳で元服し、翌年から南町奉行所に入り、父の下で見習いを務めていた。

会田錦介は、長女の婿に手を焼いていたが、修之進もやはり内勤を嫌い、外回りを望んでいた。ただし金のためではなく、悪人を捕え成敗するという、わかりやすい正義にあこがれてのことだ。

「父上、おききになりましたか。今年の暮れは、夜廻りを増やすそうにございます」

「お奉行のお達しであろう。商家の懐(ふところ)の重さを当てにして、暮れが近づくと賊が横行するからな」

「中でも地虫です。地虫は毎年、暮れが近づくと必ず現れますから。今年こそ捕らまえんと、定廻りはもちろん、風烈廻りや高積見廻り、町火消人足改めまで担ぎ出し、大掛かりに市中を見廻るそうにございます」

　両の拳を握り、目を輝かせて父に語る。さようか、と相槌だけは打ったものの、どのみち蚊帳の外だとき流していた。風烈や高積もまた、常時市中を歩き回る役目であるし、町火消に手伝わせるために、監督たる人足改めを加えたのであろう。

　町奉行所は名のとおり、町屋や町人の一切に関わる仕事だ。同じ所内でも仕事は多岐にわたり、日がな一日、算盤を弾いている茂十には、賊の討伐なぞ、芝居の中の出来事のように、あまりに現実味がなかった。

　ただ激務であることは、町奉行所内のどの役目にも通ずることで、ことに暮れは諸色掛りも御用繁多な時期である。かえって足手まといになると、息子を含めた見習いの者は日暮れには退所させたが、中堅の立場の茂十は家に帰れぬ日もあるほどだった。

　師走二十日を過ぎた頃だろうか。その日も真夜中近くに帰宅して、妻の給仕で遅い夕餉をとった。飯を食みながら、ふと気づいた。

「このところ、修之進の姿を家で見掛けぬな。色街通いなぞ、始めたのではなかろうな」

「修之進は、市中見廻りに行きました」

「どういうことだ？　諸色掛りから人を出すとは、きいてはおらんぞ」

「八丁堀の若いお仲間と、見廻組を組んだとかで……師走の半ばから、毎晩のように出掛けていきます」

「つまりは、お奉行の許しなく、勝手に見廻りをしているというのか」

「私も止めたのですが……ただ市中を歩きまわるのに、咎(とが)められる謂れはないと」

たしかに、そのとおりだ。どうやら顔ぶれは、所内で事務方を務める同じ見習いや、手柄を上げんとする血気盛んな若者たちのようだ。

「どうか旦那さまから、たしなめてくださいまし。それこそ万が一、賊に行き合ったりすれば無事では済みますまい。私はもう心配でならなくて……」

妻の佳枝(かえ)は、ひとり息子をひたすら案じている。

佳枝は徒組(かちぐみ)配下の同心の娘で、気性は大人しく、亡くなった茂十の両親にもよく尽くしてくれた。仕事に忙殺されて、家ではたまに見る幽霊のような存在の父親に代わり、ひとり息子の修之進のしつけや教育にも、細やかに手をかけた。

母親との結びつきが強いためか、息子には時折、幼さや甘えが見え隠れするものの、剣術の相手すらした例(ためし)のない父親は、文句をつける立場にない。

「放っておけ。修之進も、もう十七だ。父親の説教なぞ、素直にきく歳ではない」

「まだ、十七です！」

万事に控えめな妻が、息子のこととなると、あっさり引き下がることをしない。

「見習いを拝して一年と半年。慣れてきたぶん弛みもあるようで、近頃は憂さを口にすることもありました。むしろ目を離してはならない、大事な時と存じます」

母親というものは、どうしてこうも子供のために必死になるのか。産んでいない父親からすれば、執着とも拘泥ともとれる。無暗に心配の種ばかりを増やし、まるで子供を案じることこそが、母親の本分とでも言わんばかりだ。

「修之進がこんな真似をするのは、己のためばかりでなく、父上のためでもあるのだと私は思います」

「どういうことだ？」と、首を傾げた。

「父上と同じ役目を負い、いつか父上に認めてもらおうと、それがあの子の願いでした。なのに近頃は妙に不機嫌で、挙句の果てに自ら賊を捕えるのだと息巻いて。私には、あの子の気持ちがわからなくなりました」

ふ、とその場にそぐわぬ笑みがわいた。嘆く妻とは逆に、そのとき初めて息子の胸の内を、茂十は正確に察した。

「なるほど、そういうことか」

修之進は、失望したのだ。目指していた父親の現実が、あまりにもくすんでいたことに。仕事も立場も所内ではいたって地味で、追うのは賊でも罪人でもなく、ちまちまとした諸色である。同じ失望を、味わったことがある。言うまでもなく、茂十が見習いを始めた頃だ。やはり講談や芝居めいた、勧善懲悪の世界を思い描いていた。

がっかりはしたものの、茂十は案外あっさりと受け止めたが、母によって武士の心得を叩き込まれた息子は、それだけ落差が大きかったのだろう。

ちょうど知恵熱のようなものだ。多少時はかかってもそのうち収まると、茂十はとり合わなかった。

頼りにならない夫の代わりに、佳枝が相談を持ち込んだのは、会田錦介だった。

「若い者の憂さを晴らすには、酒に限る。腹蔵なく語ってもらえば、少しはさっぱりしよう。柳橋の料理屋に、席を設けたからな。必ず来いよ、茂十」

それが十八年前の、師走二十五日の晩だった。


「ささ、今宵は無礼講だ。存分にやってくれ」

錦介が、若者六人に、満面の笑みを向ける。料理屋は柳橋の名店で、酒は灘の上物、肴も奢っていた。

茂十と錦介、修之進と、同じ年に見習いとなり、息子ともっとも仲の良い峯田穂吉。修之進と穂吉は見習いだが、他に若い同心が四人いて、いちばん年嵩でも二十四歳だった。

役目はそれぞれ違うが、いずれも事務方の仕事に就いている。この六人が、見廻組の顔ぶれだった。最初、六人の表情は硬かった。警戒を露わにし、ちらちらと視線を交わし合う。意を決したように、修之進が上座に向かって声を張った。

「父上、会田殿、これだけは申しておきます。大晦日までは、我らは夜廻りを続けます。たとえおふたりに説教されようとも……」

「説教だと？　とんでもない！　今宵はそなたらの働きを労わんと、かような席を設けたのだぞ」

さすがは錦介だ。若い者のあつかいを心得ている。若者が躍起になるのは、ただ大人に、世間に認められたいがためだ。夜廻りなどお門違いだと叱りつければ、ますます意固地になるのは目に見えている。六人はぽかんとし、修之進はおそるおそる父に視線を移す。

「……父上、まことですか？」

「ああ、錦介の言うとおりだ」

息子に向かってうなずいた。自ら市中を見廻るなぞ、茂十からしてみれば茶番に等しい。それでも茂十は父として、息子の一途と無垢を好もしく思っていた。人生は妥協の連続であり、折れるからこそ他人の痛みも察せられる。

一方で山懐から湧き出る清冽（せいれつ）な流れも、下流になるほど濁ってくるものだ。歳相応の泥を川床に蓄積した茂十には、十七歳の息子の澄んだ佇（たたず）まいは、愛おしくもあった。

修之進が嬉しそうに、頬を紅潮させる。座持ちの良い錦介のおかげもあって、その晩はにぎやかな酒宴となった。しばし若者たちの言い分をきいてやり、その後は芸者を上げてのどんちゃん騒ぎと化す。

若いうちは、酒の呑み方にもわきまえがない。真夜中近くまで酒を過ごし、若い六人は相応に酔っていた。帰りは二艘（そう）の舟を仕立て、四人ずつ分かれて八丁堀を目指した。

「雪はすっかり、止んだようですね」

となりに座る修之進が、空を見上げた。昨晩から昼前までかなりの雪が降り、料理屋に着くまでは、未練がましくちらほらと落ちていた。

　錦介が乗る後ろの舟からは、「我ら見廻組が、憎き地虫を捕まえるのだ！」なぞと、深夜には過ぎた大声で語る声もきこえたが、前の舟は静かだった。親子の後ろにいる峯田穂吉ともうひとりは、互いの頭をくっつけたまま眠りこけていた。

　船着場の常夜灯を過ぎるとき、傍らに雪だるまらしき丸い影が見えた。江戸の雪だるまは、張り子でできた赤いだるま人形に似せて作る。子供が拵えたのか顔の部分が曲がっていて、首を傾げてでもいるようだ。ふっと笑いが込み上げた。

「父上、覚えておられますか？　私が四つ五つの幼い頃、雪が降った朝に、父上と一緒に雪だるまを拵えました」

「ああ、覚えている……」

　数少ない一家団欒（だんらん）の思い出だった。

『母上、見て！　立派なだるまでしょ。雪兎も拵えたんだよ』

『まあまあ、手がこんなに真っ赤になって。汁粉ができましたから、そろそろ家にお上がりなさいな』

　冷気で頬を真っ赤にした幼い息子も、自分の手で息子の両手を温めていた妻も、そして雪だるまの脇に立つ茂十も、笑顔だった。

　いまの暮らしに、一家三人の平穏に満足していることに、いまさらながらに思い至った。

　神田川から大川に出た舟は、新大橋を過ぎて南西に舳先（へさき）を向けた。永代橋（えいたいばし）がかかる永久島（えいきゅうじま）を左に見て、箱崎川に入る。八丁堀はもうすぐだった。

　永久島の向かい側、川の右手には、行徳からの塩が荷揚げされる行徳河岸がある。この先に、八丁堀がある。

　行徳河岸を過ぎて、川の四ツ辻に出たときだった。

「父上、あれは、何でございましょうな？」

　修之進が、不思議そうな声をあげた。茂十の左に座る修之進が、左手を指さす。茂十は船頭に舟を止めさせて、暗闇を透かすようにして息子が示す方角をながめた。

　青い光が、円を描くように回っていた。

「まるで鬼火のようだの……この時節に、幽霊でもあるまいが」

　否定しながら、背中が薄ら寒くなった。修之進が、あ、と小さな叫び声をあげる。

「地虫、かもしれませぬ」

「何だと？」

「定廻りのお方に伺うたのです。前に二度ほど、地虫が出た近くの川に、鬼火や狐火に似た青い火を見た者がいると。おそらくは青い紙を張った提灯で、仲間同士の合図かもしれぬと申しておられました」

「そのような目立つ提灯を、わざわざ賊が使う道理があるまい」

「鬼火なら、誰もが恐れます。近づく者はおりますまい」

「だが、この辺りはいわば、八丁堀のお膝元だぞ。そこで盗みを働くなぞ……」

「日本橋をはじめ主だった町屋には、夜廻りが配されております。町奉行所の裏をかき、また面目を潰すには、またとない猟場かもしれませぬ」

青い怪火は、川の四ツ辻から東に一、二町離れたあたり、おそらく南新堀町に面した川岸であろう。

不気味な青い火が、ふっと消えた。修之進が、たちまち緊張する。

「まずい、このままでは逃げられる。おい、穂吉、起きろ！」

親子の背中で眠っていたふたりを起こし、船頭には舟を霊岸橋の東のたもとに着けるよう命じた。後ろについていた舟も、それに続く。

「いったい、どうした？　八丁堀は、目と鼻の先だというのに」

前の舟の四人に続いて、岸に上がった錦介が呑気な声をあげる。修之進が、手早く経緯を説いた。

「鬼火のような灯りだと？　何も見えんぞ」

「父上と私は、たしかに見ました！」

息子の目に促され、しょうことなくうなずく。

「だが、すでに消えてしまった。ひと足、遅かったのかもしれぬ」

茂十は怖れていた。地虫そのものというよりも、奴に出くわすことが恐ろしかった。向こうが本気でかかってきたら、こちらも無事では済むまい。茂十はただ、息子の身を案じていた。

「逃すものか！　八丁堀の鼻先で盗みを働かれては、物笑いの種となる」

「いかにも。追うぞ、修之進」

もっとも歳の若い修之進と穂吉が鼓舞し、あとの四人もしかとうなずく。若者たちはまったく臆することがない。先刻までしたたかに呑んだ酒が、未だ抜けきっていない証しだった。臆病は、理性の鳴らす警鐘だ。しかし若者たちは耳を貸さず、自らの手で賊を成敗するという夢想に酔っていた。茂十の味方をしたのは、錦介だけだった。

「よせ！　地虫の一味は、少なくとも五、六人がかりで店を襲うときく」

「こちらは八人。数では勝っているではありませんか」

「向こうの得物は、匕首(あいくち)がせいぜい。対して我らは長刀ですぞ。劣るはずがありますまい」

「それでも駄目だ！　窮(きゅう)すれば、鼠も猫を嚙む。同じ道理だと、何故わからぬ！」

錦介が言葉を尽くしても、若い六人の決意は変わらない。

これは決意なぞではない。刹那の興奮だ。それがどれほど危ういか、歳を経た者にしか見通せない。

「行くぞ、修之進。遅れをとるな！」

「むろんだ、穂吉！」

見習いふたりが真っ先にとび出して、四人が続く。日本橋川に面した道を、南新堀町へと向かった。こうなっては、仕方がない。

「錦介、八丁堀に戻って、然るべき与力にお伝えしろ。お奉行の指図を仰ぐのだ」

「おまえは？」

「息子の傍にいる。頼んだぞ、錦介！」

若者たちの姿は、すでに闇に紛れて見えない。吸い込んだ寒気が肺腑を縮こませ、心臓が締めつけられる。空に月はなく、あったとしても二十五日の月では爪より細い。

――頼む、修之進、無事でいてくれ。頼む！　頼む頼む頼む！

誰に頼んでいるのかすら、わからない。ふいに雪で足元がすべり、前のめりの格好で派手にころんだ。手にしていた提灯がとんで、白い地面で燃え上がる。

その火が映したものは、雪だるまだった。やはり子供が作ったのか、不細工にひしゃげている。寒気を押しのけるように胸の奥から熱いものが込み上げて、泣けそうになった。

道の先から、不穏な声があがったのはそのときだった。

怒鳴る声と叫ぶ声が、言い争いとなって重なる。暗がりの向こうで、嫌な気配がふくらんだ。次いで雪に当てた耳が、かじかみながら物音をとらえる。

ひたひたと近づいてくるのは、ふたりぶんの足音だ。

はっとして身を起こすと同時に、唐突に闇の中から男が現れた。

除けようがなく激しくぶつかって、ともに道に倒れる。

提灯の蠟燭は、未だ雪だるまの足許をか細く灯している。

目を開けたとき、間近にあったその顔が、はっきりと見てとれた。倒れた男が上に乗り茂十は仰向けに組み敷かれた格好だ。

ふっさりとした穏やかそうな眉と、その下に見開かれたぎらついた目が、ひどくちぐはぐに思えた。脂ぎった眼差しは、低い鼻や薄い唇とも相性が悪く、人相の悪さをより際立たせる。風体は盗人らしき黒装束ではなく、尻っ端折り（しりっぱしょり）に股引（ももひき）をはき、手拭いを被った姿だ。かえってその姿だからこそ、際立った。並の風体では、男の凶悪は覆いきれず、禍々（まがまが）しくからだ中からにじみ出ている。

こいつは賊だと、直感が伝えた。

賊の両眼の中に、青い鬼火を見た。さっき見た提灯と同じ、人外（じんがい）を思わせる色だ。賊の右手で、匕首が閃いた。

殺される――！　明確な殺意を感じ、総毛立った。

「待て、地虫め！　逃がさんぞ！」

その声は、破魔矢のように澱（よど）んだ殺意を払いのけた。

「修之進！」

「父上！」

修之進は、刀を手にしている。息子の姿が、これほど頼もしく映ったことはない。

刀をふり上げる間もなく、賊は茂十の上から、実に身軽にひらりととびのく。

これが地虫の次郎吉か、と判じながら、どうにか立ち上がった。遅まきながら腰のものに手をかけたが、剣術から遠ざかって十年は経つ。鯉口を切る動作すらもたつく始末だ。

たとえへっぴり腰であっても、長刀を構えられては分が悪い。前後を刀に挟まれて、匕首を握った次郎吉が行き場を失う。勝った、と思った。親子ふたりで、江戸を騒がせた賊をお縄にできるのだ。佳枝がどんなに喜ぶことか――。誇らしい夢想が、一瞬の油断を招いた。

どちらも地虫だけを凝視して、気づくのが遅れた。修之進の背後の闇から、若い男がいきなり飛び出してきて腰にしがみつく。

「頭、逃げろ！」

「斉助！」

「修之進！」

地虫と茂十の声が重なり、同時に足を踏み出す。賊を振り払おうと、修之進が大きく身をよじり、雪駄が雪で滑ったのか、ふたりのからだが傾いた。

ざっ、と音を立てて、白い雪に血しぶきが飛び散った。

雪のだるまの背を、真っ赤に染める。どちらの血か、咄嗟にはわからなかった。

一瞬の静寂の後、次郎吉の慟哭が響きわたった。

「斉助！　斉助ぇーっ！」

倒れ込んだ拍子に、刀の刃が、若い賊の首をかき切ったのだ。

人を殺めたことなど、あるはずもない。頰に返り血を浴びた修之進は、雪の上に座り込んだまま、血まみれの姿を茫然とながめる。

その瞬間、舞台の暗転のように、一切が闇に閉ざされた。

雪だるまの足許で、辛抱強く燃え続けていた蠟燭の火が、地虫の怒りに気圧されたように消えたのだ。

「こん畜生！　よくも斉助を！　殺してやる！　殺してやる！」

憎悪に満ちたその声が、闇を裂くように響きわたった。

茂十は息子の名を呼び続けたが、こたえは返らなかった。


一日経っても、悪夢は続いていた。目の前を過ぎる事々が色や形を失い、ぶよぶよと頼りない。

修之進にとりすがって泣く穂吉の姿、錦介が引き連れてきた応援の者たち、戸板に載せて番屋に運ばれるふたつの死骸。

「久米修之進が亡くなった経緯を問う。先に斉助という若い賊を斬ったのは、修之進か？」

「修之進には、斬る存念はなかったと思いまする」

吟味方与力に応じる自分の声が、ひどく遠くからきこえる。

覚えているのは、若い賊と重なるようにして、すでに事切れていた修之進の姿だ。若い賊は首の右横を割かれていたが、修之進は匕首で、首の後ろから喉を刺し貫かれていた。息子が殺されるさまを、茂十は黙って見ていたに等しい。

提灯を手に駆けつけた峯田穂吉らは、凄惨なふたつの死骸と、その傍らに座り込む茂十を見つけた。穂吉らの到着が、茂十の命を救った。地虫は向きを変え、一目散に走り去った。

「どうして……こんなことに」

息子の遺骸に目を落とす、ぼんやりとした妻の横顔すら、霞の向こうにあるようだ。

錦介の配慮で、修之進は顔や髷を整えられ、首には厚く白布が巻かれていた。それでも目を閉じたまま物言わぬ息子の姿は、佳枝にとっても悪い夢だ。

明日は葬儀が営まれるが、魂の抜けたような夫婦に代わり、お萩をはじめ錦介の家の者が一切を段取りしてくれた。ただ、吟味方の調べだけは、代理というわけにはいかない。

その場にいなかった錦介を除き、茂十と穂吉を含めた六人は、半日を経た今日の午後から、与力に吟味を受けていた。

「お奉行の許しも得ず、見廻組と称して勝手に市中をうろついていたとの報せもあるが、昨夜、地虫一味を見つけたのは、酒宴の帰り、たまたまということだな?」

さようでございます、と若い五人が頭を垂れる。

「申し訳、ございませぬ……我らが浅はかでございました。功を焦った挙句、むざむざと修之進を死なせてしまいました」

峯田穂吉が泣きながら、吟味与力と茂十に詫びを述べる。

「久米殿と会田殿は、我らを止めようとされたのです」

「お咎めは我らが受けまする故、何卒、茂左衛門殿には……」

「裁きはお奉行が申し渡す。おまえたちは、出過ぎた口を挟むでない!」

庇い立てする同心たちを、与力が一喝する。五人がうなだれて座敷を出ていくと、与力は茂十を呼び寄せた。

「灸を据えるつもりで、あの者らにはきつく申したが……ひと月ほどのお役差し止めがせいぜいであろう。なにせ逃しはしたものの、地虫の次郎吉の尾を摑んだのだからな」

次郎吉と他数人には逃げられたものの、穂吉らはどうにか地虫の手下をひとり捕えていた。与力が表情を弛め、憐みの目を向ける。

「何より、修之進が命をかけて成さんとしたこと。お奉行も十分に察しておられる。お主への咎めもおそらくあるまい」

若い同心たちの庇い立ても、奉行や与力の温情も、茂十にはどうでもよかった。

現実のすべてが、さらさらと砂のように身内から流れていき、残ったものはたったひとつの顔だけだった。

「茂左衛門、お主は次郎吉と思しき男の顔を、しかと見極めたのか？」

「はい、相違なく」

「では、絵の達者な者に、その顔を写させよ」

その日のうちに、次郎吉の似顔絵が描かれて、あの晩の男の顔が、より鮮明に茂十の胸に刻まれた。

捕えられた手下は長く強情を通したが、奉行は老中より拷問の許可をとり、責め問いでどうにか江戸にいくつかある塒の場所をきき出した。

捕方が出張り、残る五人の手下は漏らさずお縄になったが、肝心の次郎吉の行方だけは杳としてわからなかった。ただ、それ以来、地虫の仕業と思われる事件もぱたりと絶えて、その姿を見た者は誰もいない。

地虫はひっそりと地中に潜り、世間からは忘れ去られた。

その顔に、ふたたび出会ったときには、息が止まるほど驚いた。

場所は、根津権現の裏門外の楡の木の下。物乞いの男は、楡爺と呼ばれていた。


あの日のことは、焼き印でも押されたように茂十の頭に刻まれている。

夏の終わり――。午後の日差しは勢いを増し、地面からは嘆きのように陽炎が立っていた。

どうしてあの日、根津権現に来たのか、茂十は覚えていない。

おそらく、単に暇だったからだろう。親族の者に久米家の家督を譲り、自身は隠居した。夫婦養子であっただけに、八丁堀の組屋敷にも居場所がなく、毎日出掛けては、あてもなく町をぶらついていた。その挙句に辿り着いたのだろう。

根津権現でも、お参りはしなかった。祈ることなど、何もなかったからだ。

境内をぶらついてから表参道に戻らず、裏手へと抜けた理由もはっきりしない。昼間でも男客を素通りさせない根津の色街を通るのが、煩わしいと感じたのか。

樹木に守られた境内から裏門を潜ると、容赦なく日差しが照りつけた。被った笠すら焦げそうだ。焼けた通りに出て、初めてその姿に気づいた。

貧相な楡の木の下に、手拭いを被った男が座っていた。

筵はないが、物乞いであろう。男の前に欠け茶碗が置かれ、わずかな小銭が入っていた。

特に心が動いたわけではない。喜捨をする気になったのも、やはり暇だったからだ。文銭を二、三枚、腰を屈めて欠け茶碗に入れた。

「おありがとうございい」

ほっかむりをした顔が上がり、茂十を捉えた。

決して大げさではない。目が合ったとき、雷に打たれたように思えた。

「おまえ……」

口より先に手が出た。相手の胸座をわしづかむ。

「おまえ……地虫の次郎吉か！」

決して忘れ得ぬ、顔だった。何年過ぎても、眼球にこびりついている。

「ようやく見つけた、次郎吉！　今度こそ逃しはしない！　修之進を殺した罪、忘れたとは言わせんぞ！」

相手の頭から手拭いが落ちた。揺さぶるたびに白髪を張りつけた小さな禿頭は、もげそうなほどにゆらゆらと傾く。まるで木偶人形だ。黄色く濁った目に生気はなく、ただ怯えている。歯が二、三本しか残っていない口許はだらしなく、端からよだれが垂れていた。

どう見ても、呆けた哀れな年寄りだ。だが、この顔は……。

「楡爺！」

ふいに背中から、声がとんだ。

「おやめください、お侍さま！」

道の先から駆けてきた男が、無体を止めようとする。

「この爺さんが、何か粗相をしたなら謝ります。このとおり惚けた年寄りで、口すらまともに利けやせん。どうかあっしの顔に免じて、許してやってください」

侍が相手では手を出すこともできず、地面に頭をこすりつけて必死に訴える。哀れな所作に、よけいに苛々させられる。男の懇願に負けて、胸座を摑んだ手を離した。年寄りに駆け寄る男に、腹いせのように厳しく問うた。

「この男は、おまえの見知りか？　名は？　住まいは？　存じておるなら申せ！」

震えあがりながら、男はこたえた。

「本当の名は、わかりやせん……心町に来たときには、すでにいまの有様で。皆からは、楡爺と呼ばれておりやす」

「にれじい……うらまち……だと？」

「へい、あっしもそこに……四文屋ってえ小さい飯屋を営んでおりやす、稲次ってもんで」

「おまえたちは、だまされているのだ。この男はな、根っからの悪党だ。まわりの目を欺き、いまも悪事を働いているに相違ない」

稲次という男が、きょとんとする。何とも間抜けな顔だった。

「そんなはず、ありやせん。あっしは毎日、豆腐屋へ行く折にここを通りやすが、楡爺がいなかったためしなぞ、いっぺんも……雨風が強くとも、構わずここに通おうとするもんで、皆で止め立てする始末でさ」

楡爺が心町に住みついて、二年半は経つという。惚けた年寄り以外の顔は、誰も見ていない。他人の空似だと、稲次は言い張った。

「お侍さま、このとおりです！　楡爺をどうか、堪忍してやってください」

――この男も、仲間だろうか？　いや、うらまちという場所そのものが、次郎吉の塒になっているのか？

それなら、ここでいくら強いても埒が明かない。やりとりが長引いたことで、周囲には野次馬すら集まりはじめていた。だが、仇敵をみすみすとり逃がすわけにもいかない。

「もう行け。わしの勘違いであったようだ」

ひとまずふたりを、帰すことにした。へこへこと稲次は何度も辞儀をして、楡爺を促してともに家路を辿る。ひそかに後をつけ、千駄木町の片隅にある窪地に行き着いた。

まるで江戸の掃き溜めのように、心寂れた町だった。

「地虫め……こんなところに潜んでいたか」

日暮れを待たずに、夕刻には日が遮られる。地虫には似合いの、薄暗さを抱えた町だった。

その足で、茂十はすぐさま南町奉行所に赴いた。

すでに隠居の身とはいえ、勤めていた同心の訴えだ。五年前と同じ吟味方与力に、目通りが叶った。

「その楡爺という者が、次郎吉に相違ないと申すのだな？」

「はい！　一刻も早く、捕えてくださりませ」

ふうむ、と与力はしばし考え込み、ちらと茂十を上目遣い（うかが）に窺った。

「相わかった。この件は、わしが預りおく」

「……預る？　すぐに捕方を向かわせねば、逃してしまいます！」

「そう逸（はや）るな。捕方を出すには証しが要る。急ぎ配下の者を送り、調べさせる」

「証しなら、もう十分に！　あの顔は、一瞬たりとも忘れたことはありません。あれは間違いなく、次郎吉です。私のこの目が、何よりの証しです！」

鼻から長いため息をつき、与力が茂十をながめる。

「だからだ、茂左衛門。次郎吉の顔をしかと拝んだのは、お主ひとりきり。それがどういうことか、わかるか？」

「私を、疑うていると？」

「そうではない。仮に……あくまで仮にだ。お主がまったく別の者を次郎吉と判じたとしても、我らには確かめる術がない……そういうことだ」

「やはり、信じてはくださらぬのか……」

爪で穴があきそうなほどに、袴（はかま）の膝を握りしめる。

「茂左衛門、お主、痩せたのう」

声は憂いを含み、目の中にあるのは憐れみだった。

「そろそろ、奥方の三回忌ではなかったか?」

「……はい、来月の半ばです」

「さようか……あれから色々とあった故、お主も大変だったろう」

妻の佳枝は、二年前、秋の初めに死んだ。事故なのか自害なのかわからない。八丁堀の東を流れる亀島川に落ちたのだ。

「どうしてあの子を見殺しにしたのです? あの場に一緒にいながら、どうして!」

同じ文句で、何度も何度もなじられた。どうして修之進は死んだのか? くり返してもこたえは出ず、やがて恨みの矛先は、傍らにいる茂十に向けられた。

ひとり息子の死は、妻には耐えられなかった。夫を責めていた頃は、まだましだった。

それでも茂十にしてみれば、毎日鏡で見る醜い傷に、唾を吐きかけられるようなものだ。誰よりも後悔しているのは、茂十自身だった。

修之進の一周忌が過ぎてから、妻の甥夫婦を養子にとった。久米家の血筋からえらぶべきだと、反対する親戚も多かったが、茂十は当主の権限で押し通した。

妻へのつぐないであり詫び料だと告げたが、それは表向きの理由だ。

茂十はただ、逃げたかった。佳枝の恨み言に満たされた、暗い組屋敷から這い出したかった。

甥夫婦に妻を託して、自分は南町奉行所にほど近い町屋に、小さな家を借りた。

八丁堀に帰るのはだんだんと間遠になり、五日おきが十日おきに、やがて月に一度になった。

養子夫婦は佳枝によく尽くしてくれたが、夫に見捨てられ、怒りの捌け口すら失ったのだ。妻には酷な仕打ちだった。佳枝はその頃から、ゆっくりと心を病んでいった。一日中ぼんやりしているかと思えば、時折、火がついたようにわけのわからぬことを叫び出す。

自分は何故、妻のように物狂いに囚われないのか。やはり父の情は母に劣るのか――。さまざま考えて、やがてひとつのこたえに辿り着いた。

地虫の次郎吉が、この世のどこかで生きているからだ。

皮肉にも、未だ捕えられぬ賊の存在が、冷や水のように茂十の頭を冴えさせた。

佳枝が死んだのは、修之進の死から三年半が過ぎた頃だった。

ほんの少し、目を離した隙に外に出て、佳枝は帰らぬ人となった。甥の妻は自分の粗相だと、泣きながら平謝りしたが、茂十はどこかでほっとしていた。

壊れていく妻を、これ以上見ずに済む。同時に、家族を養う軛(くびき)からも放たれた。

佳枝の四十九日が過ぎると隠居して、久米家の家督を義理の甥に譲った。

「茂左衛門、息子を亡くして、何年になる」

「五年と半年になります」

「つまりはお主が次郎吉の顔を見たのも、五年と半年前ということだ」

吟味方与力が案じているのは、記憶の薄れではない。むしろ逆だった。

八丁堀は狭い場所だけに、久米家の事情は与力の耳にも入っていよう。

すぐに捕方を向かわせない理由が、呑み込めたように思えた。

信用できないのは、茂十の記憶ではなく判断だ。もっとも悲惨な形で妻子を失い、未だに過去の悲劇に囚われ、引きずっている。執着に憑かれ、仇討ちをひたすら念じる姿は、傍目には狂気と映るだろう。

「お主の訴えは、決して無下にはせん。早々に調べを行い、然るべく取り回す」

しばし待つようにと達せられ、茂十には望みが半分潰えたように感じられた。

予感は的中した。吟味配下の同心や小者が心町に赴き、地虫の一件は告げぬまま、あくまで人別改めと称して、差配から住人まで隈なく調べ上げたが、数人の無宿人より他は、怪しい者は見つからなかった。

楡爺に至っては、三年前の師走に心町に来てから、ただの一度も正気に返ったことがないと、住人たちは口をそろえた。

「何より、あの年寄りを連れてきたのが、大隅屋六兵衛という商人でな。駒込で青物卸を営む、それなりの物持ちだ。盗賊を匿う謂れもなく、むろん、六兵衛が盗みに関わっておるとも考えづらい」

数日後、茂十を呼び出した吟味方与力は、そのように調べの成果を説いた。

「正直を言えばな、お主の訴えを受けて無理を通すことも考えた。わしとて、あの一件を忘れてはおらぬ。若い修之進の命を奪った地虫の所業は、許すことなどできぬ」

口先ではなく本心であろう。悪事を暴くのが、吟味方の本分でもあるからだ。

「相手はどうせ、惚けた年寄りだ。問答無用でお縄にし、地虫の次郎吉として刑に処するのは容易(たやす)い。ただ……お奉行が承知しなくてな」

南町奉行は、前の年にすげ替わった。江戸で噂になった地虫の名は留めていても、特段の恨みつらみはない。ある意味、非常にまっとうな判断を下した。

「耄碌した老爺(ろうや)を、かつての盗賊だと言い立てたところで、物笑いの種になるだけだ。あの年寄りについては、お構いなしと断じられた」

深い落胆は、八丁堀へ着いた頃には、固い覚悟へと変わっていた。

茂十は自宅を素通りし、非番であった会田錦介を訪ねた。


「その年寄りを見張るだと？　おまえひとりで、できようはずがなかろう！」

茂十が存念を明かすと、錦介はまず大いに呆れた。

「言うなれば、お奉行の命に背くことにもなるのだぞ」

「おれはもう、町方同心ではない」

「それならなおさらだ。何より、いまのおまえを鏡でよう見てみい」

血色のよい丸顔を、思いきりしかめる。

「げっそりとやつれて、まるで病持ちではないか。吟味方が、まともに取り合うてくれただけでも、ありがたいと思わぬか」

「あれは、地虫の次郎吉だ！」

錦介は、絞り出すようにしてため息をついた。すでに四十年以上のつき合いだ。茂十の頑固も承知している。

たったひとりで張り番など、無理な話だと茂十にもわかっている。何人か人を使わねばならないが、久米家の使用人では、養子夫婦に止め立てされる。茂十の無念を承知してはいても、過去に縛られるさまは、若いふたりには呑み込みがたい。会田家の使用人か、あるいは町奉行所の伝手で、岡引きか小者を借りられまいかと、相談に来たのだった。

「たとえ人を募れずとも、おれひとりでも次郎吉を見張る。何年かかろうとも、必ず奴の本性を暴いてみせる」

これ以上、止めても無駄だと察したのだろう。錦介はしばし黙考してから、口を開いた。

「おれにひとつ、考えがある。心町を調べた同心にきいたのだが、あの土地は少々訳ありでな」

「訳ありだと？」

「そう食いつくな。おまえの思っているような話ではない。心町は、千駄木町とみなされておるが、実は町屋ではない。あそこはな、大名家の土地なのだ」

心町の西側には、大名家の下屋敷がある。心町とは崖と見紛うような裏山で隔てられており、おそらくは大昔の地震か大雨で、敷地の一角が崩れた跡ではないかと、足を運んだ同心はそのように推察した。屋敷の池の水を排するために通したか、あるいは自然にできた水路かはっきりしないが、崖下から田畑へと続く流れは、心川と称される。

この川の両袖、千駄木町に接した窪地に、いつからか人が住みつき、心町と呼ばれるようになった。

錦介はそのように、心町ができた経緯を語った。

「だからあそこは、町屋の体ではあるが、町奉行所の掛りではないということだ」

「では、当のお大名に仔細を説いて……」

「馬鹿者、それこそ藪蛇になるわ」

敷地の隅に貧乏人が寄生しているとは、おそらく大名家でも把握してはおらず、あるいは気づいたときには遅すぎたのかもしれない。大名の威信を笠に着て、無理に立ち退かせることは可能だが、あまりに外聞が悪い。幕府の耳に入れば、それまでの不行届きを咎められる恐れもある。

「そのような土地から、万が一にでも縄付きが出たとなれば、お大名の沽券は丸潰れだ」

「もしや……お奉行がお構いなしとされたのは、そのためか！」

「真実の成行きはわからぬが、まあ、なきにしもあらずだ。町奉行所にも、差配違いの土地に踏み入ったという負い目があるしな」

「土地の線引きなぞ、二の次だ！　あの心町に、人殺しの悪党がいるのだぞ！」

いきり立つばかりの茂十に、錦介はひとまず酒を勧める。酔えば口許はだらしなくなり、いっそう次郎吉への恨み言が後から後からこぼれ出る。錦介は辛抱強くつき合った後に、己の思案を明かした。

「おまえのことだ。せっかく摑んだ地虫の尻尾を、離しはすまい。さりとて、人を何人立てようと、外から見張りを続けるのは無理がある」

「錦介、わかるように話せ」

酔いはまわっていたが、察しの悪い頭を叱咤して先を促した。

「外ではなく、内から見張ればよいのだ！　おまえが心町の住人となって、地虫と思しき男の傍で暮らせばよい」

「なる、ほど……いわば、隠密というわけか」

「ちょうど打ってつけの役所（やくどころ）もあるぞ。茂十、おまえ、心町の差配になれ」

あまりに突飛な案だったが、錦介にはそれだけの裏打ちがあった。

「なにせ、町屋ですらない土地だ。差配もまた、名主が据えたわけではない。そこが狙い目よ」

差配や大家は、土地や長屋の持ち主たる、名主に雇われるものだ。けれども心町は、勝手に小屋を建て、長の年月のあいだに町の姿になった。長屋を見れば一目瞭然で、大きな一棟を部屋割りしたわけではなく、一軒一軒がバラバラで、木材も建具も壁土も、建てられた年代すら違う。おそらくは両隣の壁を利用して、隙間を塞ぐようにして小屋を築き、長屋と化したのだろう。

「いまの差配も、肩書のたぐいは何もない。面倒見の良さを買われて、まわりから差配と呼ばれるようになっただけだと、当人は申し述べた。この差配もすでに結構な年寄りでな、路銀さえあれば郷里に帰りたいと、訴えていたそうだ」

錦介の考えが、ようやく読めた。悪くない、いや、これ以上ない妙案だ。

路銀さえ渡せば、差配として後釜に座ることができる。老差配の知り合いで、後を頼まれたとでも言い訳すれば筋も通り、怪しまれることもあるまい。

「錦介、でかした！　またとない良き仕立てだ」

「現金な奴だ。しかし……おまえのそんな顔は、何年ぶりかの」

丸い赤ら顔が、心からの安堵を浮かべた。

茂十は翌日から、迅速に事を進めた。老差配に使いを送り、ひそかに会った。十二分な額の路銀を渡し、差配の役目を譲ってもらえまいかと切り出した。

「私はさる商人の、雇われ者でね。もっとこぎれいな長屋でも建てれば、よほど住みやすい土地になる。その下調べを、頼まれてね」

髷も着物も町屋風に変え、また理由についても、盗賊のとの字も出さなかった。

しかし案外なことに、老差配は難色を示した。

「長屋は、勘弁してもらえやせんか」

「駄目かい？」

「店賃を払える者が、おりやせん。みいんな追い出される羽目になっちまう」

「そんな不義理な真似は、決して……」

じいっと湿っぽい目で見詰めてくる。貧乏長屋の差配に、勝手に収まった男だと侮っていた。

嘘を通すつもりが、これは無理だと早々に悟った。

「差配さんは、心町を大事に思っていなさるんだね」

「傍から見れば、まさに芥箱みてえな町ですがね。汚えし臭えしとっちらかってるし。それでもね、あの箱には人が詰まってるんでさ」

「人が生きる場所、か……」

どうしてだか、妻と修之進の笑顔が浮かんだ。ここ数年、なかったことだ。

「息子を亡くしてね……女房も後を追うように先に逝った。それ以来、息をするのも苦しくてね」

錦介にすら吐露したことのない弱音が、素直にこぼれた。

「本当は、半分死んでいるのだろうね。いまの生を、続けていくことが辛くてならない」

妻と同様に、からだから心を解放できればどんなに楽か。しかし隠居とはいえ、久米家の当主であった立場は、それを許さない。すでに頭とからだと心が、三つにちぎれているようなありさまでもがいている。散った三つをひとつに収束させたのが、皮肉なことに地虫の存在だった。

「すまない、商人に頼まれたというのは嘘だ。仔細は明かせぬが、あの町で、どうしても成し遂げたいことがある。住人に迷惑はかけない。差配として、精一杯働くつもりだ」

どうか承知してもらえまいかと、頭を下げた。

「よろしいですよ、旦那。何があったかきかぬのが、心町の理(ことわり)ですから」

「……いいのか？」

「生き直すには、悪くねえ土地でさ」

老差配は、菩薩(ぼさつ)のような顔で微笑んでいた。

「生き直す、か……」

十二年が過ぎて、このところあの差配の顔を、しばしば思い出す。郷里で幸せに往生しただろうか、そうあってほしいと胸の内で祈る。


「おかえり、楡爺。結構な雪だというのに、今日も出掛けたのかい」

錦介と蓮見で会って、数日が経っていた。

昨日遅くから昼頃まで降った雪は、素足を載せれば踝が隠れるほど積もっている。下駄で道を作りながら、茂十は楡爺を出迎えた。

「炒り豆があるんだ。一緒にどうだい?」

雪がやんだ後も空は曇ったままだったが、風がないぶん夕刻でも凌ぎやすい。外の壁際に据えた古い床几は、少し傾いでいる。雪を払って老爺を座らせ、自分もとなりに腰かけた。豆の半分を、楡爺の右手に載せた。

わずかだが、楡爺は右足を引きずっており、右手の動きも少々ぎこちない。

過去に、卒中でも起こしたか。呆けてしまったのも、そのためかもしれない。

白い景色を横に割き、ゆるい割れ目のように心川が流れている。

岸の向こうに、誰かが作ったらしい雪だるまが、ぽつんと立っていた。

未だに、白いだるまは正視できない。視界からさえぎるように、前のめりになり両手で頭を抱えた。大きく吐いた白い息すら、かすかに震えるようだ。

「楡爺、あんたがうらやましいよ。一切を、忘れちまったんだからな」

ポリポリと、豆を食む音だけが返る。歯がほとんど抜けているのに、器用なものだ。

「おれは十八年経っても、このざまだ。倅の死から、一歩も動けねえ。生き直せと、前の差配さんには言われたのになあ」

当初の思惑よりも、よほど穏便に事を進めたのは、老差配の言葉が妙に重くかかっていたこともある。しかし何よりの懸念は、稲次だった。

楡爺を見つけたあの日、必死に庇い立てしたのは、四文屋の前の主である稲次だ。唯一、茂十の顔を知っていて、その侍が、町人姿で差配に収まったとなれば、疑心を抱くに違いない。あらかじめ釘を刺そうかとも考えたが、拍子抜けするほど、稲次はあっさりと茂十を受け入れた。

「前の差配さんの、お見知りときいていやす。あっしはその先で、小っせえ飯屋を営んでおりやして。よろしければ、お運びくだせえ」

人の好さそうな顔で挨拶し、その後の態度も変わらなかった。あの日は笠を被っていた。あのときの侍だとわからないのか、あるいは忘れているのだろうと安堵した。

とはいえ、ここへ来て最初の二、三年は、怒りに任せてずいぶんと無茶もした。人気のない場所で、楡爺に詰め寄ったり威したり、あるいはねちねちと一晩中、恨み言をぶつけたり、何度か殴ったことすらある。

あの頃の己をふり返ると、いまさらながら羞恥がわく。表向きは温厚な差配を通し、他人の目がないところで、年寄りに酷い仕打ちをする。

こいつは悪党だ、息子の仇だ、だから何をしようと許される――。

嵩にかかって、ただ、もののわからぬ哀れな年寄りを、責め苛んでいただけだ。手前勝手な道理を通し、鬼畜の所業に言い訳を拵え、罪の意識すらなかった。

仕置きをやめたのは、心を入れ替えたためではない。どう追い詰めようと、楡爺は楡爺のままだったからだ。次郎吉に変貌するわけでもなく、また逃げようともしない。根負けした形で、責め問いを放棄した。

楡爺は未だ、灰色の男のままだ。この顔は、たしかにあの晩見た次郎吉だと、前よりもいっそう確信している。なのに次郎吉の心は、とうにからだを離れてしまった。

灰色ではなく、灰の男だ。

悪行を尽くし燃えつきた、男の残骸があるだけだ。

灰になっているのは、楡爺だけではない。茂十も同じだった。

もうあきらめよう。ここを出て、楡爺も次郎吉も忘れようと、自らに何度も言いきかせた。そのたびに、たとえようのない虚しさに襲われた。次郎吉への執着だけが、空っぽの茂十を支えていた。その支柱を抜いてしまえば、からだは崩れ、灰に帰す――。

すでに己の中に、次郎吉は深く根差していて、人は変わっていても、楡爺のいる心町を出ていくことができなかった。無体をやめてしばらくは、一切、楡爺を構わなかった。

「楡爺、おはよう」

そう声をかけたのは、一年ほどが過ぎた頃か。差配としてつかず離れず、楡爺と関わっていこう。茂十がつけた、折合の形だった。日に二度の挨拶と、年寄りへのあたりまえの気遣い。照れば笠を、寒ければ綿入れを貸し、上がりが少ないときは、欠け茶碗に文銭を幾枚か足した。

ある晩のことだった。いつものように稲次の飯屋にいくと、ぴかぴかの鯵（あじ）の刺身が出てきた。四文屋では、なかなかお目にかからないごちそうだ。

「こいつは、豪勢だねえ」

「数がねえもんで、差配さんのために一皿よけておきやした」

「役得ってやつかい？」

「楡爺によくしてくださるんで、その礼でさ」

思わず、箸が止まった。稲次はやはり、覚えていたのか――。唐突に、茂十は悟った。黙っていたのは、関わりを恐れてか。いや、侍相手に楡爺の楯になろうとした男だ。

――何があったかきかぬのが、心町の理ですから。

老差配の言葉が、思い起こされた。

稲次の表情は涼しいままで、それ以上よけいな口も利かなかった。

「生き直すには、悪くねえか……」

きこえぬように、呟いた。生姜（しょうが）を載せ過ぎたのか、刺身の後口はひどく辛かった。

楡爺は、ポリポリと豆を食っている。

時折こうして楡爺を引き止めて、他愛ない話をする。いつのころからか、それが慣いになった。

「田舎でのんびり暮らそうって、幼馴染に誘われてな。悪くない話だろ？　おれも潮時だ。あんたへの執着も、そろそろ捨て時なんだろうな」

冬の心川の風情は、悪くない。深緑色の川面は渋味を増し、白い岸辺によく映る。

「ちょうど師走だし、年明けに越せば験もいいしな。どこがいいか……根岸はちょいと気取っているし、渋谷村は遠すぎる。やっぱり向島かね？　辰巳の方角は吉だと、この前、辻占にも言われてね」

返事なぞ、端から当てにしない。同じ独り言でも、相手がいた方が張りになる、その程度だ。

「長いこと外にいると、さすがに冷えちまうな。さ、送っていこう」

女四人が暮らす六兵衛長屋に向かうと、たいそうにぎやかな声がする。楡爺の暮らす物置小屋は、その裏手にあり、声はその辺りからきこえてくる。

「楽しそうだね、おりきさん。四人そろって、何してるんだい？」

「おや、差配さん。楡爺もお帰り。ちょうどよかった、いま出来たところだよ。見ておくれな」

六兵衛長屋で、もっとも古参のおりきだ。ずっと外にいたのか、鼻の頭が真っ赤だった。

四人の中でいちばん若輩のおこよがはしゃいで告げる。

「楡爺がひとりで寂しくないようにと、皆で拵えたの」

ひときわ大柄なおぶんが、のっそりとからだをどかす。

そこにあるのは、大きな雪だるまだった。

彫師をしているおりきの力作だけあって、なかなかに立派な出来だ。人の背丈くらいもあり、くびれがなく下がふくらんだ形は、雪だるまとしては名品と言える。

胸に鈍い痛みが走ったものの、女たちの手前、顔には出さなかった。

「おりき姉さん、まだ出来上がっちゃいないじゃないか。達磨に仕立てるにはこれを着せないと……はい、出来上がりっと」

おりきに次いで古参のおつやが、雪だるまに真っ赤な襦袢をかけた。雪像の頭から背中までが緋色に変わる。まるで血の色だ。思わず吐き気を催した。

「え、ちょっと、どうしたんだい？　大丈夫かい、しっかりおしよ！」

おりきが気づかったのは、茂十ではない。となりにいた楡爺だ。

皺に埋もれた目をかっと見開き、歯のない口を大きく開けて、雪だるまを凝視する。瘧にでもかかったように、からだはがくがくと震えていた。

「おい、楡爺、しっかり……」

「さい、すけ……」

「……え？」

「斉助ええ、斉助えええええ！」

腹の底から、絞るようにその名を叫んだ。膝をつき、からだが前にのめる。地の底から呼び戻そうとでもするように、地面に向かって同じ名を呼び続ける。

楡爺を見つけて十二年、息子を失ってから実に十八年が経つ。

長い、長いあいだ待ちあぐねた好機が、目の前にあることがにわかには信じがたい。

「後はおれが引き受けるから、皆は家に入りなさい」

案じ顔の女たちを帰して、抱えるようにして楡爺を小屋に入れた。

三畳ほどの広さで、布団一枚がやっと敷けるくらいの板間が奥にある。敷かれた煎餅布団は、六兵衛長屋からの払い下げだ。ひとまず楡爺をその上に座らせ、茂十は布団の足許に腰を下ろした。

小さな灯り取りがひとつきりの小屋は、日没時のように薄暗い。

名を叫ぶ声は収まっていたが、憑かれたようにぶつぶつと何事か呟いている。いつもの楡爺とは、やはり違う。久方ぶりに戻った正気を逃さぬよう、ゆっくりとたずねた。

「斉助というのは……次郎吉、おまえの手下だろう?」

うつむいていた頭が、ふいに上がった。茂十の両袖をつかみ、すがりつく。

「斉助が……死んじまった！　殺されちまった！」

その一言で、頭に血が上った。

「……殺された、だと？　殺したのは、おまえだろうが！」

「そうだ、おれの息子が、殺されちまった」

「違う！　おれの息子を、修之進を、おまえが刺した！　殺したんだ！」

「斉助、斉助……どうして死んじまったんだよう……」

何だ、この問答は？　頭がおかしくなりそうだ。死んだのは修之進、死なせたのは次郎吉だ。

だが、その発端は？　修之進がふるった刀で、地虫の配下がひとり死んだ。それが斉助だ。息子とはきいていない。捕えた他の手下たちからも、そのような事実は出なかったはずだ。

「たったひとりの、おれの息子……おれと、おりょうの息子……やっと、やっと会えたのに……たった一年こっきりで、父親だとも名乗れねえで……」

これまで描いてきた図が、くるりと逆転する。曼荼羅を逆さにしたように、描いた憎悪も執念も因果も、天地を失って混沌と化す。

「おまえは……息子の仇を、討ったのか……？」

応えはなく、茂十の胸にすがって、子供のようにただ泣き続ける。

頼りない重みが、ひどく熱く感じられる。獣じみた泣き声が、切なくてならない。

ここにいるのは、まったく同じ身の上の、ふたりの哀れな父親だった。

大切なひとり息子を失ったことに慟哭し、喪失を受け止めきれず、未だに囚われたまま一歩も先へ進めない。怒りにすげ替え、憎しみに転化してきた感情が、ひと息にあふれた。

「修之進……修之進……」

名を呼ぶたびに、熱いものが頬を流れ落ちる。

茂十は泣きながら、息子の死を心ゆくまで悼んだ。


何が記憶の蓋をこじ開けるか、わからない。

斉助の名は、茂十も以前、何度か出したが手応えはなかった。

息子の血を浴びた雪だるまが、緋色の襦袢をかけた雪像と重なって、蓋の鍵となったのだ。雪だるまが禁忌と化していたことすら、茂十と楡爺は同じだった。

おりょうというのは、次郎吉が若い頃に出会った女であろう。離れて暮らしていた息子と故あって再会し、父親だと名乗らぬまま、手下として迎えたのだろうか。

楡爺に、いや、次郎吉に、確かめる術はもうない。

それ以上は何もきき出せず、楡爺は泣きながら眠り、翌朝になると、すっかり元の惚けた年寄りに戻っていた。

次に雪が降ったらもう一度、試してみようか——。

そんなことも考えていたが、茂十の思惑を厭うように、楡爺はぽっくり逝ってしまった。

大晦日の朝だった。いつもの時間になっても姿を見せず、茂十は塒の物置小屋を覗いてみた。

楡爺は、生まれたての赤ん坊のように手足を縮めた格好で事切れていた。

「そりゃあないぜ、楡爺……これじゃあ、肩透かしじゃないか」

骨と肝斑の浮いた手を握りしめ、茂十はさめざめと泣いた。

たとえ憎しみであっても、他とは比べられぬほどの深い縁だった。いざ失ってみると、胸の中から大事なものが抜かれたような気さえする。

息子を、妻を、亡くしたときと同じ。その思いは、寂寥だった。

「いいお顔の仏さまだったね」

「ああ、何歳か知らねえが、心町では大往生だ。楡爺も本望だろうさ」

町の者たちが金を出し合って、簡素ながら通夜と葬儀を済ませ、荼毘に付した。

年が明けてからしばらくは、ぼんやりすることが多かったが、時は容赦なく流れ、人の動きも留まることはない。

「差配さん、大丈夫？　このところ、ぼうっとしてるけど」

下から見上げるおちほに、慌てて笑顔を返した。

「婚礼は明日なんだから、しっかりしてちょうだいね」

「ちほちゃんが、嫁にいくとはね。いや、正直、驚いたよ」

「いちばんびっくりしてるのは、あたしだけれどね……まさか、あんな不細工な男と一緒になるなんて、夢にも思わなかった」

「おいおい……」

おちほと若い紋上絵師との恋は、実らなかった。一昨年の夏だから、二年近く前の話だ。茂十も気にかけていたが、おちほは気丈で、人前では落胆や弱みを決して見せなかった。その上で、縫物を納めていた『志野屋』の手代に縁付くと決めたのなら、心配はなかろう。

明日は志野屋の主人の心尽くしで、婚礼が開かれる。茂十も招かれており、挨拶をしてほしいと乞われていた。

「ちほちゃんが出ていったら、心町も寂しくなるね」

「差配さんは、どうなの？　これからもずっと、ここにいるの？」

愛想笑いを返そうとしたが、うまくいかなかった。

「どうして、そんなことを……？」

「何となく。楡爺が亡くなって、がっくりきてるから……ここを出ちまうのかなって、何となく思ったの」

若い娘の勘の鋭さには、舌を巻く。つい苦笑いがこぼれた。

「ちほちゃんは、どう思うね？」

「あたしはどっちでも……できれば、いてほしいかな。差配さんのいる心町が、あたりまえになっちまったから」

「そうか……」

ここに居ることを、あたりまえにしてくれたのは他でもない、心町の住人たちだ。差配として世話を焼きながら、その実、灰になっていた茂十を、日常に還してくれた。

「おちほ！　明日の仕度があるってのに、いつまで油を売ってんだい！」

母親に呼ばれて、おちほが家へと駆け戻る。母親の小言と娘の不平が、かしましく交互に響く。

「梅の一鉢でも、買ってみるか」

丸い花弁に似たちぎれ雲が、正月半ばの空に舞うように流れていった。

初出「小説すばる」

「心淋し川」二〇一八年七月号
「閨仏」二〇一八年一〇月号
「はじめましょ」二〇一九年一月号
「冬虫夏草」二〇一九年四月号
「明けぬ里」二〇一九年七月号
「灰の男」二〇一九年一〇月号、一一月号

単行本化にあたり、加筆・修正しました。

装画　木内達朗
装丁　鈴木久美

西條奈加（さいじょう・なか）

一九六四年北海道生まれ。二〇〇五年『金春屋ゴメス』で日本ファンタジーノベル大賞を受賞しデビュー。二〇一二年『涅槃の雪』で中山義秀文学賞、二〇一五年『まるまるの毬』で吉川英治文学新人賞を受賞。時代小説から現代小説まで幅広く手がける。近著に『亥子ころころ』『せき越えぬ』『わかれ縁』などがある。

心淋し川

(うらさびしがわ)

二〇二〇年 九 月一〇日 第一刷発行
二〇二一年 三 月 八 日 第五刷発行

著　者　西條奈加(さいじょうなか)
発行者　徳永 真
発行所　株式会社集英社
〒一〇一―八〇五〇 東京都千代田区一ツ橋二―五―一〇
電話 〇三―三二三〇―六一〇〇(編集部)
〇三―三二三〇―六〇八〇(読者係)
〇三―三二三〇―六三九三(販売部)書店専用

印刷所　凸版印刷株式会社
製本所　加藤製本株式会社

ISBN978-4-08-771727-3 C0093

定価はカバーに表示してあります。

集英社文庫
西條奈加の本

九十九藤（つづらふじ）

江戸の人材派遣業、口入屋。縁あってその女主人となったお藤だったが、武家相手の商売は行き詰まっていた。店を立て直すため、お藤が打って出た一世一代の大勝負は、周囲の反発を呼び、江戸を揺るがす事態に発展。さらに、かつての命の恩人によく似た男と出会い、心は揺れ……。商いは人で決まる――揺るぎない信条を掲げ、己と仲間を信じて人生を切り開くお藤の姿が胸を打つ、長編時代小説。（解説／中江有里）